AF206878

Bereits erschienen:

* Maldoron (2017)

Simone Menzenbach

Die Gewölbe von Vuswal

-Maldoron Roman-

-Fantasy-

Bibliografische Information der Deutschen
Nationalbibliothek: Die Deutsche Nationalbibliothek
verzeichnet diese Publikation in der Deutschen
Nationalbibliografie, detaillierte bibliografische
Daten sind im Internet über http://dnb.dnb.de
abrufbar.

©2017 Simone Menzenbach

Herstellung und Verlag

BoD – Books on Demand, Norderstedt

Assistenz: Maria Vollmer & Michael Vogt

Titelbild: Nicole Vogt

ISBN:9783744864992

Prolog

Etwas regte sich in der Schwärze.

Ein uralter Geist erwachte.

Formlose Augen öffneten sich.

Hass und Schrecken gingen um, in der vollkommenen

Dunkelheit tief unter dem Berg.

Es musste etwas unternommen werden!

An Schlaf war nicht mehr zu denken.

Kapitel 1: Graf-Detjok-Straße, Vuswal

Der Zwerg Falidor saß schmollend im hinteren Abteil der geräumigen, vierspännigen Reisekutsche. Er trug seinen Helm verkehrt herum und tief in die Stirn gezogen. Die dicke beigefarbene Arbeiterhose, die zahlreiche Taschen aufwies, ruhte lässig auf seinen Hüften. Die Hosenbeine verschwanden in locker geschnürten Grubenstiefeln, die losen Enden der Schnürsenkel steckten in den Schäften. Lediglich das dunkelblaue, weite Wollhemd mit den aufgekrempelten Armen wies auf seine Miltumer Herkunft hin. Blau war die traditionelle Farbe der Stadt. Auf seinem breiten Rücken prangte der silberne Doppeladler des Stadtstaats. Diese Aufmachung war keine Mode in dem Sinne. Sie war ein Statement!

Die Arme im demonstrativen Protest gekreuzt, flegelte er sich mit angezogenen Beinen auf seiner Sitzbank herum, die Unterlippe erbost vorgeschoben.
Wie konnten sie ihm das nur antun? Ausgerechnet jetzt, wo die Ferien begannen. Es waren die wichtigen Ferien, die den Übergang zwischen dem Kindsein und dem Erwachsenwerden bedeuteten. Zwölf Monate des Spaßes, der Ausgelassenheit und des Unfugs mit Freunden und Altersgenossen. Die letzten Ferien, bevor er sich für einen Beruf entscheiden musste und der Ernst des Lebens begann. Falidor und seine Freunde hatten alles bis ins letzte Detail geplant und nun saß er nicht wie verabredet in den Auen des Gamarion und trank sein erstes Bier, sondern durchquerte mit seinen Eltern mindestens (!) den halben Kontinent in dieser schaukelnden Klapperkiste.

Bereits jetzt vermisste er die Schlossgärten von Miltum, die in gewagten Konstruktionen terrassenförmig bis zum Gamarion hinab reichten. Die tief hängenden Weiden mit ihren weißen Blüten, die einen verführerischen Duft verströmten. Die weiten Rasenflächen, die zum in den Himmel schauen und träumen einluden. Alle würden zusammen sein und sich dort austoben, nur er, Falidor, saß in dieser blöden Kutsche, auf dem Weg in dieses Dreckskaff von Vuswal. Wo auch immer, bei Tholmag, Vuswal liegen mochte. Entführt hatte sie ihn. Jawohl! Seine eigenen Eltern hatten ihn gegen seinen ausdrücklichen Willen fort geschleppt. Leise, damit seine Eltern ihn zwei Reihen weiter vorne nicht hören konnten, schnaubte er auf. Dann besann er sich jedoch der Ereignisse, die sich erst wenige Tage und Wochen zuvor zugetragen hatten. Tief in seinem Inneren kam er sich ziemlich kindisch vor. Trotzdem: Protest, war Protest!

Natürlich war ihm völlig klar, dass sein Vater den von Königin Kamandre ausgegebenen Befehlen hatte nachkommen müssen. Sie stellte immerhin die größte Autorität an der Ostküste Synkanas dar. Noch dazu herrschte sie über den Stadtstaat Miltum und war seine direkte Vorgesetzte. Aber trotzdem, man hätte ihn ja wenigstens mal fragen können.

Alles begann vor rund zweieinhalb Monden, als Kamandre den elfischen Gouverneur von Rabati dazu aufforderte, sich mit seinem Heer ihrem Feldzug gegen die thyrriannischen Revolutionäre in Dasia anzuschließen. Selbstverständlich war Rabati eigenständig, aber mit Miltum und ganz speziell mit der Herrscherin Kamandre, wollte es sich niemand in der Region verscherzen. Gouverneur Imon beeilte sich deshalb auch sehr, ihren Wünschen" nachzukommen.

An der Spitze eines Heerhaufens aus Zwergen und Elfen waren sie den weißen Gamarion hinab gezogen und hatten die Schurken, die die nordöstlichste der Handelsstädte im Würgegriff hielten, vernichtend geschlagen. Nachdem die Bevölkerung der Stadt die alten Herrscher wieder in Amt und Würden eingesetzt hatte und die marodierenden Banden den örtlichen Gerichten übergeben worden waren, setzte man mit vereinten Kräften zur Insel Kallaba über. Auch dort war es dem thyrriannischen Gesindel schlecht ergangen. Und obwohl die

Insel in vielen Teilen schwer zugänglich war, hatte man dem Spuk schnell ein Ende setzen können.

Kaum hatte Königin Kamandre wieder Miltumer Boden unter den Füßen gehabt, erreichte sie eine eilige Botschaft aus dem befreundeten Vuswal. König Senok Graubart berichtete in dem Sendschreiben von einer thyrriannischen Verschwörung in seiner Stadt, an der eine ganze Zahl Händler, Schreiber, Wächter und Fuhrunternehmer beteiligt gewesen war. Kamandre war alarmiert. Auch wenn weitere Nachrichten davon berichteten, dass die Armeen des vermummten Herrschers sich gegenseitig das Leben schwer machten und die Wogen des Schicksals über dem verhüllten Thron zusammenzuschlagen drohten, war sich die Königin sicher, dass sich auch Verschwörer in ihrer Stadt aufhielten. Zu viele unangenehme Ereignisse der letzten Zeit deuteten darauf hin. Warum hätten sie auch vor Miltum halt machen sollen, wenn sie in Vuswal, in Dasia und auf Kallaba nachweislich tätig und zum Teil auch erfolgreich gewesen waren. Kamandre wollte den thyrriannischen Untrieben in ihrem Machtbereich ein für alle mal den Riegel vorschieben.

Sie rief den Chef der Leibgarde herbei. Deranim, Falidors Vater, erhielt den Auftrag unverzüglich nach Vuswal aufzubrechen und den abschließenden Ermittlungen in Sachen Verschwörung beizuwohnen. Er sollte die Verdächtigen verhören und in Erfahrung bringen, in wieweit Bürger von Miltum verwickelt waren. Anschließend sollte er den Verhandlungen der Übeltäter beiwohnen und nach Möglichkeit weitere Hintergründe der Tat aufdecken. Er sollte sich in Vuswal mit dem ermittelten Zwerg Basur und mit Brumilla, der Chefin von Senok Graubarts Leibgarde in Verbindung setzen und alles in seiner Macht stehende tun, um Miltum vor ähnlichen Vorkommnissen zu schützen. Botenreiter sollten Kamandre täglich auf dem Laufenden halten.

Alles gut und schön. Das hatte Falidor akzeptiert. Die Thyrrianer waren Irre und mussten aufgehalten werden. Ganz klar! Aber das seine Mutter Mave ihre gut gehende Schmiede ihrem Gesellen übergab, um ihren Mann in die Wolkenberge zu folgen und darüber hinaus ihren Sohn mit sich nahm… DAS ging zu weit! Wussten sie denn nicht, wie wichtig ihm die nächsten Monde waren? Das ganze letzte Jahr, während all der Abschlussprüfungen und des ständigen Lernens, hatte er sich auf diese Zeit gefreut. Er hatte sich an diesen Gedanken geklammert und sah sich nun seiner Träume und seiner Belohnung beraubt. Wütend versetzte Falidor seinem Reisekissen einen kräftigen Knuff.

†

So'odraga Eindofil Thalakaren III starrte gelangweilt über die Reling der Eisprinzessin. Träge zogen die Wasser des Resewion unter ihm dahin, als sich das Boot stromaufwärts Richtung Vuswal kämpfte. Sie hatten den Wald von Caalen bereits im Laufe der vorangegangenen Tage passiert. Jossur, das Mädchen für Alles auf der Eisprinzessin, hatte ihm verraten, dass sie ihr Ziel bald erreichen würden… den Tafelberg auf dem sich die Zwergenstadt des Königs Senok Graubart befand. Die Stadt mit dem berühmten Tholmag Tempel und der noch berühmteren Oper. Er konnte es einfach nicht mehr hören, seit Monaten lagen ihm seine Eltern wegen des neuen Engagements in den Ohren. Genau genommen seit dem Tag, an dem sie davon erfahren hatten, dass in Vuswal sowohl die Rolle des jugendlichen Helden, als auch die der unbekannten Schönen neu zu besetzen waren. Thalakaren musste innerlich lachen, wenn er bedachte, dass der Leibesumfang seines Vaters, So'odraga Eindofil Thalakaren II, bestenfalls Heldentaten am Buffet zuließ. Seine Mutter Bamas war ebenfalls weder unbekannt, noch eine Schönheit, aber ihre Stimme war einfach göttlich, dass gab der junge Elf unumwunden zu. Er liebte seine Eltern und bewunderte ihr Können, keine Frage. Ihre Begeisterung für die

Ungereimtheiten und Wirrungen der Oper jedoch hatte er nie verstanden. 40-jährige, vollbärtige Männer gaben sich als 16-jährige, verliebte Jünglinge aus und kamen damit durch. 120 Kilo schwere Damen mit einem Dekolleté mit dem man Festungsmauern durchbrechen konnte, gaben sich als gertenschlanke, entführte Schönheiten aus und niemand erhob Einspruch. Er schüttelte amüsiert den Kopf.

Thalakaren trug ein dunkelrotes Hemd mit weiten Ärmeln, dazu eine schwarze Hose, die hervorragend zu seinem kurzen, schwarzen Haar passte. Seine Haut war blass, doch die langen Aufenthalte an Deck der Eisprinzessin zeigten bereits erste Wirkung. Zarte Sommersprossen begannen auf Nase und Wangen zu sprießen, was seine fein geschnittenen, elfischen Gesichtszüge betonte. Erneut schallte das berühmte Duett aus der Liebesszene in „Legende vom Drachenkaiser" über das ansonsten leere Deck. So ging das bereits seit ihrer Abfahrt in Maknova. Seine Eltern wollten sich in Bestform präsentieren und probten tagein, tagaus die wichtigsten Szenen der zurzeit in Vuswal dargebotenen Stücke. Weitere Passagiere gab es nicht. Die Besatzung hatte sich in einen der leeren Laderäume zurückgezogen. „*Vermutlich mit Petersilie in den Ohren*", dachte er verschmitzt. Es war ihnen auch keine andere Möglichkeit geblieben, denn das Frachtschiff besaß keine Kabinen. Bamas hatte nach Vertragsabschluß keinen weiteren Tag warten wollen und hatte die erstbeste Passage nach Vuswal buchen lassen. Das zwei Tage später auslaufende Passagierschiff hatte sie rigoros abgelehnt, da Eindofil als auch Bamas ihr Repertoire durchgehen wollten und dabei nicht von unerwünschten Zuhörern belästigt werden wollten. So fiel die Wahl auf die Eisprinzessin, einem Lastkahn der die Route Vuswal-Maknova im wöchentlichen Wechsel befuhr.

Im Hafen von Maknova war Bamas, einer Diva entsprechend, die Planken hinauf an Deck gerauscht und hatte nach kurzem Innehalten den Gemeinschaftsraum der Besatzung mit Beschlag belegt. Seit diesem Zeitpunkt peinigten die beiden

Sänger die Ohren der Flussschiffer und der das Schiff antreibenden Ponys mit einer Arie nach der anderen. Sehr zur Belustigung Thalakarens hatte tatsächlich ein schwunghafter Handel mit Petersilienbündeln begonnen, an dem der Zwerg Jossur federführend beteiligt war. Selbst seine besten Freunde, die Ponys, hatte er mit dem schalldämmenden Kraut ausgestattet, obwohl diese sich von dem kulturellen Lärm nicht beeindrucken ließen und sich lieber auf den Verzehr der Pflanzen beschränkten.

Isama, die gute Seele des Sänger-Haushalts näherte sich der Reling und riss Thalakaren aus seinen Gedanken. Liebevoll legte sie den Arm um ihren Schützling, der sich behaglich an sie lehnte.
„Wir hatten kaum Gelegenheit uns zu unterhalten. Wie denkst du über die ganze Sache? Kommst du mit dem Umzug klar?", fragte Isama leicht besorgt.
Der Junge löste sich von seinem ehemaligen Kindermädchen und zuckte mit den Achseln. „Ich hatte nichts Besseres vor. Nicht das es etwas geändert hätte, wenn ich nicht einverstanden gewesen wäre. Du kennst die beiden doch."

Ein Schatten der Geringschätzung huschte über Isamas Gesicht. Der Junge hatte Recht. Die beiden So'odragas waren liebevolle, aber geistesabwesende Eltern. Zu sehr mit sich selbst und ihrer Kunst beschäftigt, hatten sie nie die Zeit und die Geduld aufgebracht sich um den heranwachsenden Elfen zu kümmern. In den in unregelmäßigen Abständen aufkeimenden Phasen des schlechten Gewissens überschütteten sie Thalakaren mit Geschenken und Süßigkeiten, bis Isama dem Ganzen rigoros einen Riegel vorgeschoben hatte. Sie kümmerte sich nicht nur um den Haushalt, sondern auch um das Wohlergehen des Kindes. Sie hatte mit der Niederlegung sämtlicher Arbeiten gedroht, wenn die beiden nicht aufhören würden das Kind zu mästen, nur um ihr Gewissen zu beruhigen. Total perplex hatten die beiden berühmten Sänger den Worten der aufgebrachten Isama gelauscht und sich vorhalten lassen müssen, dass Thalakaren mit seinen damals vier Jahren einen Leibesumfang besaß der jenseits von Gut und Böse war. Die So'odragas hatten sich, da sie allem weltlichen hilflos gegenüber standen und auf das organisatorische Talent Isamas angewiesen waren, dem Plan fügen müssen, die die Elfe ihnen präsentierte. Ein gemeinsam verbrachter Nachmittag pro Woche; keine weiteren Süßigkeiten für das Kind; gesunde Kost zu den Mahlzeiten, die meist eh ohne die Eltern stattfanden. Dafür würde Isama sich weiterhin federführend um die körperlichen und seelischen Belange des Jungen kümmern, den sie liebte als sei es ihr eigener. Das stille Kind dankte es ihr, in dem es wuchs und gedieh, auch wenn Thalakaren mit seinen mittlerweile fünfzehn Jahren immer noch ein wenig pummelig war. Es war ein Leben zum gegenseitigen Nutzen. Isama hatte die Familie, die sie sich wünschte, Thalakaren eine liebevolle und fürsorgliche Pflegemutter und die So'odragas einen vorbildlich geführten Haushalt, der alle Annehmlichkeiten bot, sie aber nicht in ihrer Kunst einschränkte. Isama organisierte Reisen zu neuen Engagements, besorgte die Umzüge, kümmerte sich um neue Schulen und eine interessante Freizeitgestaltung für den Sohn. Sie war wahrlich die gute Seele, des ständig umherziehenden Künstlerhaushalts. Lediglich am mangelnden Interesse zwischen Sohn und Eltern konnte sie nichts ausrichten.

„Hast du Pläne für Vuswal, jetzt wo die Schule aus ist?", fragte sie, gespannt, was der junge Elf für Zukunftspläne geschmiedet hatte.
Thalakaren dachte nach. „Ich habe überlegt mir einige der Handwerksbetriebe anzusehen. Vielleicht ergibt sich dort etwas für mich. Ich sollte mir etwas Passendes suchen, bevor meine Mutter den Wunsch äußert mich auf das Konservatorium zu schicken." Er verdrehte die Augen. „Auch kann und will ich nicht ewig an ihren Rockzipfeln durch die Lande reisen und jedes Mal einen Neuanfang starten müssen. Ich möchte mal irgendwo bleiben und mich zu Hause fühlen. Möglicherweise entscheide ich mich ganz in Vuswal zu bleiben, die Gegend

hier gefällt mir." Sie standen an der Reling, betrachteten das vor ihnen liegende Gebirge und hingen ihren Gedanken nach. Die Zukunft würde Veränderungen bringen, zum Guten und zum Schlechten. Nach einer Weile lehnte sich Thalakaren wieder an Isama, die den Arm um ihn legte. So standen sie da, bis die Eisprinzessin in den Hafenanlagen von Vuswal einlief. Und bald wurde es Zeit die Kutsche zu besteigen, die sie um die Bergflanke herum und den bewachten Torweg hinauf in die Stadt bringen sollte.

†

Subramey trug ihr Lieblingskleid, ein dunkelgrünes, einfaches Wollkleid, welches als einzigen Schmuck eine schmale, bronzefarbene Borte an den Ärmelaufschlägen und dem runden Ausschnitt aufwies. Es passte wunderbar zu ihrer sonnengebräunten Haut. Ihr langes braunes Haar lag, zu einem Zopf geflochten auf ihrer rechten Schulter. Sie war tief hinter ihrem Buch verschwunden und versuchte sich auf dessen Inhalt zu konzentrieren. Die durchdringende Stimme ihrer Mutter hielt sie jedoch davon ab, sich vollends aus der Welt um sie herum zurückzuziehen. Seit ihrer Abfahrt in Burrok, unterhalb der gelben Berge hielt dieser Monolog, mal mit mehr, mal mit weniger Nachdruck geführt, an. Chenor, Subrameys Vater, hatte sich bereits vor Stunden in die weichen Kissen seines Sitzes gekuschelt und die Augen geschlossen. Ein leises Schnarchen drang zu dem Mädchen herüber. Hinter dem dicken ledergebundenen Einband verdrehte sie die Augen. Merkte ihre Mutter denn nicht, dass ihr keiner zuhörte? Weitere Minuten vergingen, dann sah Anorla von ihren Unterlagen auf und stutzte. Sie versetzte ihrem Mann einen kräftigen Tritt gegen das Schienbein, was Chenor jedoch lediglich dazu veranlasste, ein schmatzendes Geräusch von sich zu geben und sich auf die andere Seite zu drehen. Anorla schürzte die Lippen und zog die Stirn kraus. Ihr Blick wanderte zu Subramey. *„Jetzt kommt's!'*, dachte das Mädchen und strich sich einige Haare aus dem Gesicht, die sich ihrem Zopf entwunden hatten.

„Was liest du da, Schatz?", fragte Anorla und verrenkte sich, um den Titel des Buches erkennen zu können.
„Geologische Beschaffenheit des Bodens in und um Vuswal von Aaron Schürfersohn", antwortete Subramey knapp, aber präzise. Sie schloss die Augen und wartete auf das Donnerwetter, das nun folgen würde.
Ihre Mutter schlug die Hände über den Kopf zusammen und richtete die Augen gen Himmel als wollte sie die verschwundenen Götter um Hilfe anflehen. Mit erzwungen ruhiger Stimme wandte sie sich an ihre Tochter. „Als ich dir sagte, dass du dich auf unseren Aufenthalt in Vuswal vorbereiten sollst, dachte ich eher an das Programm der Oper, das Adels- und Händlerverzeichnis, ja sogar die Liste der Sehenswürdigkeiten wäre akzeptabel gewesen, aber ein Buch über die Bodenbeschaffenheit?" Anorla schüttelte enttäuscht den Kopf.

Das wollte Subramey nicht auf sich sitzen lassen, widerspenstig hob sich ihre linke Augenbraue. „Ich denke eben, dass ich bei den Händlern wesentlich mehr Eindruck hinterlasse, wenn ich mich über ihre Belange unterhalten kann, als dass ich ihre Frauen und Töchter mit Smalltalk über die Oper oder über die Bauzeit des Kaschuk-Brunnens bei Laune halte. Die Leute wohnen schon ewig in Vuswal, die wissen das alles viel besser als ich. Man muss mit etwas Neuem kommen, nicht mit ollen Kamellen, die sie sich seit Jahrzehnten selbst bei jeder öffentlichen Veranstaltung erzählen. Und damit du es weißt, ich habe die Listen und Verzeichnisse gelesen, sie waren langweilig."
„Unterschätze niemals den Einfluss der Familie.", belehrte Anorla mit erhobenen Zeigefinger und überging Subrameys restliche Bemerkung.
„Unterschätze niemals die Arbeitswut und den Starrsinn der Männer und ihre Ungehaltenheit, wenn sie sich mit einem

weiteren oberflächlichen Geschöpf auseinandersetzen müssen.", konterte das Mädchen altklug. „Ich habe die Händler in Rabati und Burrok genau beobachtet. Erinnerst du dich an Tuvor von Kallaba, den wir beim Empfang des Gouverneurs von Rabati kennengelernt haben?" Anorla nickte lächelnd, denn diese Bekanntschaft hatte eine große Menge Gold in die Taschen ihres Unternehmens gespült. Subramey erwiderte das Lächeln und holte zum verbalen Schlag aus. „Den Ebenholzvertrag, den du mit ihm ausgehandelt hast, hast du meinem „Experiment" zu verdanken."
Anorla blickte ihre Tochter scharf an. „Inwiefern, wenn ich fragen darf?"

Subramey schloss ihr Buch und legte es geziert langsam neben sich auf den Sitz. „Ich wusste wie wichtig dieser Abschluss für dich war und anstatt seinem vertrottelten Sohn schöne Augen zu machen und seine Frau mit unzutreffenden Komplimenten zu schmeicheln, wie du es mir angetragen hast, habe ich mich einen Nachmittag lang mit dem Thema Edelholz, Kallaba und den üblichen Praktiken im Holzhandel beschäftigt. Dies hat mir ein direktes Gespräch mit Tuvor ermöglicht, welches sich am Buffet mit Leichtigkeit inszenieren ließ. Schnell fand ich heraus, dass er sich auf dem Ball förmlich zu Tode langweilte. Man konnte schnell erahnen, dass er nur wegen seiner Frau und den Töchtern dort war, die den Verpflichtungen der Ballsaison nachkommen mussten. Er litt förmlich Schmerzen, als seine Frau begann die beiden Ältesten auf dem Heiratsmarkt zu präsentieren wie Baumstämme auf der Auktion. Er sehnte sich nach seiner Arbeit weit weg von diesem Ort, wo er all das Geschacher der „höheren Gesellschaft" nicht mit ansehen musste." Anorla schnaubte undamenhaft, doch Subramey fuhr fort.

„Tuvor hat sich unwahrscheinlich gefreut einen Menschen zu treffen, der nicht diesem Kreislauf unterlag und mit dem er sich vernünftig unterhalten konnte. Er hat stundenlang von der Insel und seinen Edelhölzern geschwärmt; ja, mir sogar den kompletten Arbeitsvorgang erklärt. Als ich einen Verbesserungsvorschlag machte war er erstaunt und fragte er mich, wie eine junge Dame zu so umfangreichem Wissen über das Holzgeschäft käme. Er wollte wissen warum ich nicht lieber am Ball teilnehmen würde, um zu tanzen und die jungen Männer kennenzulernen und stattdessen lieber den Geschichten eines alten Mannes lauschte."

„Na, auf deine Antwort bin ich gespannt." Anorla lehnte sich in die Kissen der Kutsche zurück und blickte ihre Tochter mit verschränkten Armen abschätzend an.

„Ich sagte ihm, dass meine Mutter größten Wert auf umfassende Bildung legen würde und Bälle dieser Art eher als Pflichtveranstaltung ansehe. Ein notwendiges Übel, um die richtigen Kontakte zu knüpfen und guten Willen zu zeigen. Da wollte er dich unbedingt kennenlernen." Subramey schloss ihren Vortrag und grinste breit.

Die hochgewachsene Frau ihr gegenüber schürzte die Lippen. „Es mag ja sein, dass du mit deiner Theorie in diesem Fall Erfolg hattest und wenn dem so ist, bin ich dir sehr dankbar für deine Mithilfe. Der Abschluss mit Tuvor war extrem rentabel. Nichtsdestotrotz wünsche ich, dass du dich während unseres Aufenthalts in Vuswal in die Gesellschaft einfügst. Wenn du einmal unser Unternehmen übernimmst, wirst du nicht viel Zeit für neue Bekanntschaften, Freunde oder Kultur haben. Es ist wichtig, dass du dies jetzt in Angriff nimmst. Nicht nur für das Unternehmen, sondern auch für dich persönlich. Es gilt sich einen Freundeskreis zu schaffen, auf den du später bei Geschäften zurückgreifen kannst, ja vielleicht sogar bei deiner Familienplanung. Kontakte die du jetzt knüpfst, können sich über die Jahre in vielerlei Aspekten zu Vorteilen entwickeln. Deshalb möchte ich, dass du die Bälle und die Oper besuchst, dir die Museen und Errungenschaften der Stadt ansiehst. Suche dir Freunde in den besseren Familien, denn diese haben ebenfalls Freunde und so entsteht ein Netz aus gemeinsamen Interessen und Neigungen. Und zum letzten Mal, du hast feine Kleider, um sie zu tragen. Was macht es denn für einen

Eindruck, wenn die Leute meine Tochter in Hosen oder Wollkleidern herumlaufen sehen? Wir müssen repräsentieren!" Anorla wandte sich wieder ihren Papieren zu, das Gespräch war für sie beendet.

Subramey starrte ihre Mutter mit offenem Mund ungläubig an. Nach einer Weile schüttelte sie den Kopf, als müsse sie einen Gedanken verscheuchen, dann wandte auch sie sich wieder ihrem Buch zu. Es gelang ihr jedoch nicht, sich auf die Zusammensetzung der einzelnen Gesteinsschichten des Tafelbergs zu konzentrieren. Sie war innerlich viel zu aufgewühlt.

Was war nur in den letzten Monden in ihre Mutter gefahren? Wenn Subramey den Erzählungen Glauben schenken durfte war ihre Mutter in ihrer Kindheit und Jugend ebenfalls kein Kind von Traurigkeit gewesen. Als Tochter eines einflussreichen und begüterten Händlers aus Zifahan hatte sie sich lieber bei den Karawanenführern und Flakuntreibern aufgehalten als sich mit den Kindern der anderen Händler auseinander zu setzen. Dort, zwischen all den Pferden, Kamelen und den kuhartigen Flakuns hatte sie Chenor kennengelernt und zum Entsetzen der Zifahaner Gesellschaft, einschließlich ihrer eigenen Familie, darauf bestanden diesen zu heiraten.

Anorlas Vater war außer sich gewesen, sodass sich das junge Paar die ersten Jahre ihrer Ehe als Karawanenbegleiter bei anderen Händlern verdingen musste. Sie machten ihre Arbeit gut und bald wurden ihnen gute Gehälter gezahlt, da die Waren, trotz widriger Umstände immer ihr Ziel erreichten und auch meistens innerhalb der vorgegebenen Frist. Anorla besaß ein ausgeprägtes, geschäftliches Geschick, sodass bald eigene Flakuns und Pferde, ausgerüstet mit eigener Ware, die ihnen anvertrauten Karawanen begleiteten. Erst als Anorla ein Kind erwartete besserte sich die Beziehung zwischen Vater und Tochter wieder. Der alte Zigal bestand darauf, dass Anorla wieder in sein Haus zog. Er versöhnte sich mit seinem Schwiegersohn, um das Wohl des Kindes willen, doch zwischen den beiden Männern war niemals Freundschaft aufgekommen. Chenor zog es weiterhin vor die Karawanen zu begleiten und so zum Familiengeschäft beizutragen.

Da die Erfolge der Eheleute Zigal nicht verborgen geblieben waren, bot er Anorla an, sie als Erbin seines Karawanenimperiums einzusetzen, was diese widerstrebend annahm. Sie besaß keine Geschwister. Hätte sie abgelehnt, wären die anderen Händler wie die Heuschrecken über das Werk ihres Vaters hergefallen und das konnte sie nicht zulassen. Sie verehrte den alten Mann, auch wenn sie oft unterschiedlicher Meinung waren.

Vor wenigen Monden nun war Zigal, im Alter von 65 Jahren, vielleicht nicht überraschend aber doch plötzlich verstorben. Sehr zum Verdruss von Subramey, die in ihm stets einen Verbündeten und Freund gesehen hatte. Seine wesentlich jüngere Ehefrau Komunin war bereits im Kindbett bei Anorlas Geburt von ihm gegangen und so gingen tatsächlich all die Karawanen, Lagerhäuser und Handelsniederlassungen an seine Tochter. Dies war der Moment wo sich ihrer aller Leben grundlegend veränderte.

Die Zeiten waren vorbei, in denen sie im Hintergrund planen konnten. Die Zeiten waren vorbei, in denen sie Chenor in den Ferien auf seinen Handelsreisen begleiten oder in der Anorla neben ihrer Arbeit im Kontor noch Zeit fand mit Subramey auf die sardonische See hinaus zu rudern und Schaumigel zu angeln. Nun hatten sie Verpflichtungen!

Wenn Anorla den Kopf aus ihren Unterlagen erhob, dann lediglich um das Abendbrot mit dem Bürgermeister oder wichtigen Handelsvertretern einzunehmen. Spaß und Lebensfreude blieben auf der Strecke. Selbst Chenor, der sein Leben lang ein einfacher, hart arbeitender Mann geblieben war, musste sich umstellen. Statt selbst auf Handelsreise zu gehen und die Ruhe der Natur genießen zu können, saß er nun in der muffigen Schreibstube, plante Karawanen, buchte Stauraum auf Schiffen und hielt die Lagerregister auf dem neuesten Stand. Vorbei war die Zeit der gemeinsamen Lagerfeuer und der gemächlichen Reisen von Handelsstadt zu Handelsstadt. Nun nutzen Anorla und Chenor die Kutsche um Handelshäuser in Rabati, Hersionnes und Maknova aufzusuchen. Sie verhandelten direkt mit den Kaufleuten und nicht mehr mit Marktvorstehern oder Kontoristen. Sie waren nun *geachtete Leute* und *Säulen der Gesellschaft*. Sie verkehrten auf Bällen und Banketten, wurden zu künstlerischen Veranstaltungen geladen oder taten Wohltätiges. Wohltätigkeit war okay, aber den ganzen Rest hasste Subramey von ganzem Herzen. All das gezierte Gerede, ohne wirklich etwas zu sagen zu haben. Das feine Getue, als sei man persönlich der Nabel des Multiversums.

Und die Mode! Subramey schlug in Gedanken die Hände über dem Kopf zusammen. Die aktuelle Mode in Zifahan war das unpraktischste, was man zu erfinden in der Lage gewesen war. Genauso gut hätte man einen Handel für Gebrauchtsand in der Mitte der Wüste eröffnen können. Wer, bei allen zehn Göttern, konnte sich in bodenlangen, engaliegenden Röcken vorwärts bewegen? In Kombination mit den aufgebauschten Blusen sah man aus wie ein wild wuchernder Pilz. Bei Bällen begnügten sich die Damen damit, sich in Trippelschritten um den Partner herum zu bewegen und von diesem gelegentlich gedreht oder in die Luft gestemmt zu werden. Dabei machten beide Tanzpartner grundernste Gesichter, als hätten sie soeben das Rätsel um die geschwundenen Götter oder das Geheimnis der Wüste von Daschur gelöst. Subramey hatte auf ihrem ersten offiziellen Tanz so schallend laut gelacht, dass dies die Mitglieder der Zifahaner Oberschicht für mindestens eine Ballsaison verstimmte. Oder besser: Es 'hätte' sie verstimmt, wenn Anorla sie nicht mit allem belieferte, was sie zur Oberschicht machte. So sah man mit einigem Zähneknirschen über die Taktlosigkeit Subrameys hinweg und verlegte sich darauf hinter vorgehaltener Hand zu tuscheln und gelegentlich die spitzen Nasen zu rümpfen.

In der Schule erging es Subramey nicht viel besser. Auch hier saß sie zwischen den Stühlen. Die Freunde von einst behandelten sie nun mit ungewohnter Zurückhaltung und Distanziertheit. Sie waren mit dem plötzlichen Reichtum und der Bekanntheit Subrameys schlichtweg überfordert. Auch viele der Eltern sahen eine Bekanntschaft mit dem Mädchen aus der oberen Klasse nicht mehr gern. Sie befürchteten, dass dies unerwartete Begierden in ihren Sprösslingen wecken würde. Mal davon abgesehen, wer hatte schon gerne die Sprösslinge des eigenen Chefs täglich zu Besuch?

Da sich Subramey nicht davon abhalten ließ weiterhin in gewohnter, einfacher Kleidung zum Unterricht zu erscheinen, blieb ihr auch der Zugang zu ihren Altersgenossen aus der Oberschicht verwehrt. Lediglich ein Gesetz aus alten Zeiten brachten diese beiden unterschiedlichen Gesellschaftsschichten überhaupt in einer Unterrichtsklasse zusammen. Diese noblen Jünglinge und Fräulein waren bis zur Schulpflicht, im Alter zwischen zehn und fünfzehn Jahren, zumeist von Hauslehrern und Gouvernanten erzogenen worden. Sie waren von Geburt an dazu auserkoren über andere zu herrschen, große Geschäfte zu leiten und Macht auszuüben. Da dies bereits seit Generationen Tradition in den Familien war, sahen sie auf Subramey als *Neureiche* hinab. Sie war einfach ein Mädchen, das sich nicht in das ihnen bekannte System fügen wollte. Was Subramey, sehr zum Verdruss der anderen, jedoch nicht im Geringsten scherte.

Als Anorlas einziges Kind würde sie sämtliche Niederlassungen und Karawansereien in den fernen Handelsstädten erben. Ebenso wie die Tiere und die Verträge mit den Angestellten, Lieferanten und Käufern, alles was ihr Großvater aufgebaut hatte. Hinzu kamen die Verträge und vollen Lagerhäuser, die ihre Mutter mit ihrem unverkennbaren Geschick für das Geschäftliche zusammengetragen hatte. Subramey wäre also auf einem Schlag reicher als all jene, die im Moment auf sie hinab sahen. Da nun weder die Jugendlichen für ihre Herkunft, noch Subramey für ihren zukünftigen Reichtum auch nur einen Handschlag getan hatten, war das Mädchen nach reichlichen Überlegungen zu dem Schluss gekommen, dass ihr die Meinung von Leuten, die rein zufällig in die Oberschicht hinein geboren worden waren, egal sei. Sie persönlich würde sich erst dann eine Meinung zu dem Thema bilden, wenn es einmal eigene Leistungen zu vergleichen gäbe. Der Verlust der alten Freunde jedoch tat ihr weh. Oft saß sie allein unter dem Zitronenbaum des Schulgeländes und sah ihnen wehmütig nach, wie sie gemeinsam loszogen. Einigen ihrer alten Freunde ging es ähnlich, aber sie konnten die Distanz, die ihnen die Gesellschaft aufzwang nicht ändern. Noch nicht! Subramey hatte sich geschworen daran zu arbeiten, sobald sie die Möglichkeit dazu bekam. Ihre Kinder sollten nicht so leiden wie sie. So folgte sie dem Unterricht aufmerksam und machte ihren Abschluss in Zifahan mit Auszeichnung. Sie würde es zu etwas bringen, so oder so und dann würde sie in der Stadt aufräumen!

Seit einigen Wochen nun verbrachte sie ihre Zeit in Kutschen und hatte mit ihren Eltern die verschiedenen Niederlassungen von Anorlas Karawanenimperium aufgesucht. Sie hatten Hersionnes, Rabati und Burrok gesehen und auch zu einem kurzen Stopp in Miltum Halt gemacht. Als letzte Station der Reise folgte nun Vuswal, in der Anorla die Neugründung einer Niederlassung vorantreiben und neue Kontakte knüpfen wollte. Subramey sollte die Arbeitsweise kennenlernen und nebenbei die Kultur der Zwergenstadt in sich aufsaugen. Zu Beginn des nächsten Schuljahres, im Frühjahr des kommenden Jahres, würden ihre Eltern sie dann in Maknova einschreiben. Maknova war berühmt für seine Schulen und Universitäten und die berühmteste von ihnen war die alte Benman. Eine

Universität mit dem angeschlossenen Internat
‚Sonnenscheinheim für junge Damen'. Subrameys
Wissensdrang und die Chance unbefangen neue
Freundschaften knüpfen zu können, erfüllten das Mädchen mit
einer gewissen Vorfreude. Allerdings würde bis dahin noch
fast ein Dreivierteljahr vergehen. Eine lange Zeit, um sie mit
langweiligen Verhandlungen und ganz bestimmt auch
zahllosen Bällen und Empfängen totschlagen zu müssen. Viel
lieber würde sie die Zeit mit einem Dutzend guter Bücher in
der freien Natur verbringen. Doch nun hatte sie erst einmal
Ferien. Anorla hatte es versprochen. Sechs Wochen der
Freiheit, dann ging es los. Sie seufzte und wandte sich wieder
ihrem Buch zu.

†

Das Umland von Vuswal war grün und fruchtbar. Bereits weit
vor der Stadt erstreckten sich die Äcker, auf denen zu dieser
Jahreszeit Gran-Getreide, Frühlingsknollen und Klee
eingefahren wurden. Die Weiden und Gatter befanden sich
meist in der Nähe gut befestigter Gehöfte. Große Herden der in
Synkana bekannten Nutztierarten weideten und pickten
friedlich vor sich und schenkten den in den Kutschen
vorbeieilenden Besuchern keine weitere Beachtung. Man sah
Cebiven Herden, eine kleine Rinderart, ganze Heerscharen von
Vomma-Geflügel und Pfuhle angefüllt mit gut gemästeten
Hamtorschweinchen.

Dann endlich kam der Stadtberg von Vuswal in Sicht. Der
Dunst hob sich. Erste Gipfel wurden in der Ferne sichtbar,
Bergrücken um Bergrücken reihten sich aneinander und bildete
vor dem erstaunten Auge das unüberwindliche Massiv der
Wolkenberge. Vor der beeindruckenden Kulisse dieser
Giganten, mit ihren spitzen Graten und hohen Gipfeln, ragte
der Tafelberg fünfhundert Meter hoch aus der Ebene empor,
um dann unvermittelt in eine Hochebene überzugehen. Wie ein

abgebrochener Zahn prangte er im grün der Landschaft und ließ jeden unvorbereiteten Beobachter stutzen.

Mehrere Straßen trafen sich am Fuß des Berges und führten den einzigen, möglichen Pfad hinauf in die Stadt. Der Aufgang nach Vuswal war beeindruckend. Der schmale Weg schlängelte sich zwischen den stolzen, hohen Wehrmauern hin und her, an jeder Windung durch eine Wehrbrücke mit Falltor begrenzt. Die wachhabenden Zwerge grüßten freundlich und vereinzelt winkten sie den Kutschen zu, die nun die zahlreichen Windungen erklommen.

Drei Kutschen durchfuhren in rascher Folge das obere Stadttor. Sie passierten den großen Platz mit dem Königspalast, dem Kaschuk-Brunnen, der schmucken Bibliothek und des hoch aufragenden Tholmag Tempels. Letzterer ruhte auf einer kleinen, künstlichen Anhöhe, dessen Flanken vollständig mit Stufen versehen waren und zum Heiligtum hinaufführten. Die Kutschen fuhren die breite Prachtstraße hinauf, dessen beiden Fahrspuren von einer Baumallee getrennt wurden. In der Mitte wandelten vereinzelte Spaziergänger unter einem Meer aus weißen und sattgelben Lindenblüten. Silber- und Goldlinden! Nur die Zwerge konnten auf den Gedanken kommen Bäume nach Edelmetallen zu benennen.

Die Straße hieß ‚Zur Tonleiter' und verlief bezeichnenderweise auf die Vuswaler Oper zu. Das imposante Kulturgebäude nahm die Mitte des Ganuk-Grimmbart-Platzes ein, einer kreisrunden freien Fläche, an den Rändern von schattenspendenden Steineichen umgeben. Den Innenraum schmückten detaillierte Steinmosaike. Die Prachtstraße verlief einmal um den Platz herum und traf dabei auf zwei gleichwertige Wege, die in nordöstliche und südöstliche Richtung in die Außenbezirke der Stadt führten.
Den Ganuk-Grimmbart-Platz umgaben weitläufige Parkanlagen, gesprenkelt mit den Häusern der zwergischen Oberschicht, der Mangnaten und der hohen Diplomaten. Eben

jenen Mitbürgern, deren Anwesen repräsentativen Pflichten entsprechen mussten. Auf diesem Ring aus großzügigen und teils auch eigenwillig gestalteten Gebäuden folgten die Viertel der Handwerker und Künstler, die den Großteil der bebauten Fläche ausmachten. Zuletzt folgten vereinzelte landschaftliche Gebäude, die sicherstellten, dass die Stadt auch im Falle einer Belagerung mit Lebensmitteln versorgt werden konnte. Darüber hinaus gab es große Lagerhäuser, Märkte, Handelskontore, Zugänge zu zahlreichen Minen, erzverarbeitende Betriebe und die Kaserne für die Palast- und Torwache. Letztere bot auch ein Heim für einige Einheiten der zwergischen Armee. Trotz alledem nahm die Stadt selbst lediglich ein Zehntel der Oberfläche des umfangreichen Tafelbergs ein. Felder, Wiesen und ein hoher Anteil an dichter Bewaldung bildeten den unbebauten Teil.

Die Kutschen folgten der südöstlichen Allee und passierten die Herrenhäuser und Parkanlagen hochgestellter Zwerge, Elfen und Menschen. Vuswal war, wie auch die meisten anderen Städte Synkanas ein Sammelplatz sämtlicher Völker. Ausnahmen bestätigten die Regel. Trolle, nicht eben die besten Freunde der Zwerge, blieben lieber in den ihnen angestammten Gebirgen, wo sie in großen Familienverbänden lebten. Auch die Goblins blieben der Tradition treu und besiedelten beziehungsweise durchwanderten mit ihren Herden Grasland und Steppe im Südwesten. Menschen, Zwerge, Firn- und Schwarzelfen jedoch tummelten sich in den zahlreichen Handelsstädten des Kontinents. Nicht immer in so vornehmen Gegenden, wie Subramey sie zurzeit aus ihrem Kutschenfenster betrachtete, doch Hunger leiden mussten auch die Ärmsten nicht.

Unbeteiligt, ja fast desinteressiert ließ das Mädchen die prächtigen Fassaden und schmucken Gärten an sich vorüber ziehen. Sie kannte den Geltungsdrang und die Prestigesucht der Handelsherren und hohen Beamten bereits von ihren Aufenthalten in Rabati und Burrok. Das Getue war ihr zuwider.

Sie war fest entschlossen ihren zukünftigen Hausstand klein und schlicht zu halten, egal was ihre Mutter dazu sagen mochte. Protzen konnte man mit dem Kontor, wenn es denn schon Not tat.

Die Kutsche wurde langsamer und das ständige Klapp-klapp der Pferdehufe auf den Steinquadern der Straße wurde leiser. Ihr Gefährt bog links in eine Seitenstraße ab. Schmucke Giebelhäuser mit Reetdächern standen, Dreiergruppen bildend in einer gepflegten Park- und Waldlandschaft. Obst- und Laubbäume zierten rückwärtige Gärten und schimmerten mit ihrer Farbpracht zwischen den Gebäuden hindurch. Hohe Silberlinden waren in gleichmäßigen Abständen entlang der Straße gepflanzt und beschatteten die breiten Hauseingänge. Ein hölzernes Schild verkündete „Graf-Detjok-Straße".

Dies waren also die berühmten Gästehäuser über die Subramey im Reiseführer „unbekanntes Vuswal" gelesen hatte. Die Häuser waren groß, wenn auch nicht pompös. Sie boten ausreichend Platz, auch für einen größeren Haushalt als den ihren. Die Gebäude fügten sich gut in die umliegende Landschaft ein und schmiegten sich Halt suchend aneinander, wie Freunde in der Fremde. Das Mädchen lächelte. Sie mochte den Gedanken.

Subrameys Kutsche stoppte unter einer breit verästelten Linde, direkt vor dem Haus mit der Nummer 19. Anorla versetzte Chenor erneut einen gezielten Tritt gegen das Schienbein, was diesen aus dem Schlaf schrecken ließ. Sie griff nach ihrer Dokumententasche und machte sich an der Tür zu schaffen. Chenor gab ein ungeduldiges Schnalzen von sich, welches er sonst für besonders störrische Flakuns reserviert hatte und schob sein Weib liebevoll aber bestimmt beiseite. Mit geübtem Griff öffnete er den Verschlag und stieg aus. Mit der rechten Hand hielt er die Tür, die linke reichte er Anorla zu Hilfe, die dankbar zugriff. Subramey raffte währenddessen ihre Bücher zusammen, die zuletzt unbeachtet auf dem Sitz gelegen hatten und beeilte sich den Eltern zu folgen.

Auf dem breiten Bürgersteig bot sich ihr ein seltsames Bild. Sowohl vor als auch hinter ihrer Kutsche, parkte jeweils ein weiteres Gefährt. Auch hier entstiegen neue Mieter. Auch hier beeilten sich Angestellte des Gästehauses Gepäck und Zierrat zu entladen und ins Haus zu schaffen. Zur Rechten wie zur Linken entstiegen je ein Elternpaar dem Wagen, gefolgt von jeweils einem Jungen und in beiden Fällen sahen diese nicht glücklich drein.

Rechts die Straße herunter stand ein Elf mit kurzem schwarzem Haar. Er mochte vielleicht fünfzehn Jahre alt sein und war ein wenig zu füllig um die Hüften, um sich noch mit Babyspeck herausreden zu können. Groß war er, mindestens 1,70m, doch der eine oder andere trainierte Muskel hätte ihm gut getan.

Zu ihrer Linken starrte ein Zwerg seinen Eltern hinterher, die sich bereits auf dem Weg ins Haus befanden. Subramey konnte das Alter von Zwergen nicht wirklich gut schätzen, doch an Hand von Kleidung und Gebaren musste er vielleicht so um die zwanzig Jahre alt sein. Rotblondes, teilweise geflochtenes Haar kräuselte sich unter dem Helm hervor. Hemd und Kittel schienen der neusten Zwergenmode zu entsprechen. *,Nein, höchstens achtzehn.'*, korrigierte sie sich selbst. Die Blicke von Zwerg und Mensch trafen sich. Subramey drehte den Kopf, auch der Elf sah zu ihnen hinüber. Eine Weile versuchten sie einander abzuschätzen. Doch bevor sie sich ansprechen konnten, erklangen aus den Häusern erste Rufe. Ein kollektiver Seufzer entrang sich ihren Kehlen und sie folgten ihren Eltern.

Kapitel 2: Kleeblatt

Subramey erwachte vom Mondlicht, das keck durch ihr Zimmerfenster schien und sie an der Nase kitzelte. Das weiße Laub der Obstbäume schimmerte fahl im Licht des Vollmonds. Riesig groß hing der Trabant direkt über dem Tafelberg von Vuswal und tauchte die Landschaft in bläulich weißes Zwielicht.

Einmal erwacht, konnte Subramey nicht mehr einschlafen. Unruhig drehte sie sich von einer Seite auf die andere, doch es half nichts. Die tagelange Fahrt in der Kutsche, nur unterbrochen von den abendlichen Stopps an den Poststationen, hatte sie unruhig gemacht. Ihre Hände und Füße kribbelten vor unterdrückter Untätigkeit. Sie stand auf und sah sich um. Nach einem leichten Abendessen war Subramey in ihr Zimmer gegangen und sofort eingeschlafen. Nun jedoch steckte sie voller Tatendrang und betrachtete ihr neues Reich. Hier würde sie also leben, bis im nächsten Jahr die Schule in Maknova beginnen würde.

Einer der Bediensteten des Gästehauses musste am Vorabend bereits ihr Gepäck herauf getragen haben. Alle Korbtaschen waren ausgepackt, die Wäsche fein säuberlich in der Kommode verstaut. Lediglich ihre Bücher, die die Hauptlast ihres Gepäcks gebildet hatten, lagen akkurat gestapelt auf dem Schreibtisch am Fenster. Das Mädchen lächelte, denn dies passierte nicht zum ersten Mal. Es schien als hätten die Stubenmädchen Synkanas zu viel Respekt vor den Pergamenten, um sie wie die Wäsche in Schubladen zu verschließen. Oder aber, sie waren mit dem Gedanken überfordert, dass eine junge Dame in Subrameys Alter überhaupt so viele Schriften besaß. Subramey war es einerlei. Sie deponierte die Bücher ordentlich auf der Kommode und legte die drei, die sie zurzeit las auf den kleinen Kaffeetisch auf der Fensterseite. Ihr Lieblingsbuch jedoch bekam den Ehrenplatz, direkt auf dem Nachttisch.

Das Zimmer machte einen kargen aber gemütlichen Eindruck. Ein paar Bilder und Pflanzen würden ihm den richtigen Pepp geben, doch darum würde sie sich später kümmern. Am besten gefiel ihr der alte, massive Schreibtisch, direkt vor dem zweiten Fenster, durch welches sie in den Park hinab sehen konnte. Neugierig wandte sich das Mädchen dem Fenster zu und spähte hinaus. Wie verführerisch der Gedanke war, sich in die Vollmondnacht hinauszuschleichen und sich endlich einmal wieder vernünftig zu bewegen. Das lange Sitzen in der Kutsche hatte sie ganz unruhig gemacht.

„Aber warum eigentlich nicht?" Sie hatte Ferien! Subramey beschloss sogleich die Gartenanlagen zu inspizieren. Sie wählte eine dünne Bluse und eine bequeme Hose, schlüpfte in ihre Lieblingssandalen und beließ es bei einer Katzenwäsche. Das Stubenmädchen würde das heiße Wasser erst in ein oder zwei Stunde bringen und da würde sie schon längst unterwegs sein. Nun, dann musste es halt die Kanne kaltes Wasser vom Vortag tun.

Sie trat in den dunklen Gang hinaus und schloss die Zimmertür leise hinter sich. Die Lampen in den Fluren waren noch nicht entzündet. Von Angestellten und Bewohnern keine Spur. Sie schlich die mit weichen Teppichen ausgelegten Treppenstufen hinab, durchquerte die Halle und gelangte, nach einiger Suche, über den Speiseraum in den Wirtschaftstrakt des Gebäudes. Während sie noch die Küche durchquerte, um durch die Hintertür Zugang zu den Gartenanlagen zu erlangen, vernahm sie in der Ferne eine Glocke. Mit satten, tiefen Schlägen verkündete sie die fünfte Stunde. *„Dies muss die Turmuhr des Tholmag Tempels sein."*, dachte sie bei sich und verdrehte sogleich die Augen. *„So hat Mutters Bücherliste doch noch etwas Gutes. Ohne die Liste der Sehenswürdigkeiten hätte ich das nicht gewusst."*

Leise ließ sie die Tür hinter sich ins Schloss fallen und trat die wenigen Stufen in den Garten hinab. Rechts und links begrenzten die Rückseiten der Häuser Nr. 17 und 21 die Flanken des Parks, der von den Bewohnern der drei Gästehäuser gemeinsam genutzt werden konnte. Gewundene, mit rotem Stein gepflasterte Wege führten von jeder der drei Hintertüren zu einem mittig platzierten Pavillon. Hinter den metallenen Säulen mit der beigen Bespannung ragten die Obst- und Laubbäume, die sie bereits von ihrem Fenster ausgemacht hatte, in den mondbeschienenen Himmel. In dieser Richtung schien es keine weitere Bebauung zu geben, dichter Wald schloss sich an das Grundstück an.

Subramey betrachtete den Pavillon genauer, irgendetwas stimmte damit nicht. Das Mädchen fühlte sich beobachtet. Doch statt der aufkeimenden Panik in ihrem Herzen nachzugeben und zurück ins Haus zu flüchten, wagte sie sich weiter in den Park hinein. Vorsichtig setzte sie ihre Füße, jeder Zeit bereit umdrehen. Ihre Augen bemühten sich in den Schatten des Pavillons genaueres zu erkennen. Bizarr ragten die Metallstreben in die Höhe und bildeten im fahlen Mondlicht die wildesten Phantasiegestalten. Die Bespannung bewegte sich in einer leichten Brise. Stoff rieb über Stoff. Subramey bekam bei dem Geräusch eine Gänsehaut. Das Mädchen rief sich zur Ordnung. *„Was sollten hier, inmitten einer Zwergenstadt, auf einem unzugänglichen Bergplateau, für Ungeheuer existieren?"* Sie atmete tief durch und ging weiter.

Sie erreichte den Fuß des Pavillons und erkannte, dass er auf einem Sockel errichtet worden war. Mehrere breite Steinstufen führten zu dem kleinen Gartengebäude hinauf.
„Halt, wer da?", schallte es aus den düsteren Schatten.
„Parole!"
Subramey blieb wie angewurzelt stehen, einen Fuß auf dem Weg, einen auf der untersten Stufe des Aufgangs. Der Schreck war ihr ganz schön in die Glieder gefahren, doch sie schluckte ihn tapfer herunter. „Und wer bist du, dass du meinst hier

Parolen abfragen zu können?", fragte sie taffer als sie sich fühlte.

Bevor der Unbekannte antworten konnte, öffnete sich leise knarrend eine weitere Tür. Subramey ging hinter einem Rosenbusch in Deckung. Sie beobachtete, wie ein Schemen aus der Hintertür von Hausnummer 21 trat und gemächlichen Schrittes dem Steinpfad folgte. Im Pavillon blieb alles ruhig. Nur die näher kommenden Schritte erklangen. Gelegentlich gab der Schemen einem verirrten Kiesel einen kräftigen Tritt und als er näher heran kam, erkannte sie den Zwergenjungen vom vorherigen Abend.

Ein leises Lachen klang aus dem Pavillon hervor und ließ den Zwerg zusammenfahren. „Dann sind die drei Neuen ja endlich versammelt. Ein nettes Kleeblatt geben wir ab. Einen guten Morgen wünsche ich euch! Nun kommt endlich rein und setzt euch. Konntet ihr auch nicht schlafen?"
„Sind Elfen immer so neugierig?", erkundigte sich Subramey, kam hinter dem Rosenbusch hervor und wischte sich demonstrativ einige Blütenblätter von der Bluse. Sie sah den Zwerg auffordernd an und machte eine einladende Handbewegung in Richtung Pavillon. Der kleine Kerl schaute immer noch ein wenig verdattert drein, zuckte jedoch mit den Schultern und gemeinsam stiegen sie die Stufen zu dem achteckigen Gebäude empor.

Hatte draußen düsteres Zwielicht geherrscht, so waren sie nun schlagartig von der Finsternis der überdachten Hütte umgeben. Die dicht bewachsenen Bäume taten ihr übriges. Subramey tastete ein wenig unbeholfen in der Dunkelheit herum und versuchte nicht zu stolpern. Vor ihr raschelte etwas und sie blieb stehen.

Plötzlicher Lichtschein brandete dem Mädchen entgegen, als der Elf ein Zündholz anriss und damit ein kleines Grubenlicht entzündete. Während Subramey noch ihre Augen mit der Hand gegen die Helligkeit abschirmte, waren Zwergenaugen wohl für solche Fälle besser vorbereitet. Der Zwerg betrachtete die kleine Lampe bereits interessiert und ohne zu blinzeln. „Wo hast du das denn aufgetrieben?", erkundigte er sich begierig und trat neugierig näher.

„Es stand hier einfach herum. Wahrscheinlich für den Fall, dass Gäste den Abend hier verbringen wollen.", mutmaßte der Elf.

„Deck die Seiten ab, damit sie nur uns Licht spendet.", riet Subramey. „Ansonsten stehen gleich sämtliche Bewohner der Gästehäuser im Garten." Der Elf befolgte ihren Rat und schloss sowohl die beiden Seitenfenster, als auch die Front.

Die Lampe stand auf einem kleinen, runden Metalltischchen, das von vier fein gearbeiteten und reich verzierten Stühlen flankiert wurde. Auf einem der Stühle saß der Elf. Mehrere dieser Tischarrangements füllten den Pavillon, so dass sich hier tatsächlich eine kleine Gesellschaft gemütlich aufhalten konnte.

Subramey und der Zwerg folgten der einladenden Handbewegung des Elfen und zogen jeweils einen Stuhl zu sich heran. „Also!", begann der Elf erneut und erhob sich. „Ich heiße So'odraga Eindofil Thalakaren III, aber ihr könnt mich Thala nennen. Was treibt euch in diese unwirtliche, zwergenverseuchte Gegend?" Mit übertrieben dramatischen Gesten, gefolgt von einem schalkhaften Kichern, verbeugte er sich linkisch und nahm wieder Platz.

Subramey lächelte ihm amüsiert zu und stellte sich ebenfalls vor. „Ihr könnt Brami zu mir sagen. Und Kompliment! Du hast mich eben ganz schön erschreckt."

Das Lächeln in Thalas Gesicht wurde breiter. „Die dramatischen Effekte habe ich von meinen Eltern geerbt. Und wer bist du?" Er richtete sich an den Zwerg, der mit grimmigem Gesicht da saß.

„Ich heiße Falidor und ich habe keinen Spitznamen.", ließ dieser mürrisch vernehmen.

Ein spitzbübisches Glitzern leuchtete in Bramis Augen auf.
„Oh du Armer, nun dem können wir Abhilfe schaffen. Wir
nennen dich einfach … Dori, bis uns etwas Besseres einfällt."
Verstimmt blickte der Zwerg zu dem Mädchen hinauf. Erst
schien es, als wollte er etwas Harsches entgegnen, doch das
Schmunzeln der beiden anderen ließ ihn gegen seinen Willen
auflachen. „Ok, dann eben Dori!"

Die drei verbrachten eine angenehme Stunde. Schwatzen über
die Unsäglichkeiten der Reise und überlegten laut, was sie in
Vuswal wohl erwarten würde. Irgendwann saßen sie einfach
nur noch da und hingen ihren Gedanken nach. Die Dämmerung
hob an. Die erste zarte Röte des Morgens verdrängte den fahl
blauen Schimmer des weichenden Mondes. Stille hatte sich
über den Pavillon gelegt und die Jugendlichen umgab eine
seltsame Form von Verbundenheit die keiner langen Reden
bedurfte. Sie kannten einander nicht, aber sie gehörten
zusammen wie Hammer und Amboss. Sie würden ihre Zeit in
Vuswal nicht einsam verbringen müssen. Sie hatten
Gleichgesinnte gefunden. Selbst Dori wirkte auf mürrische Art
zufrieden.

Die Obstbäume standen in voller Pracht und ihre Früchte
waren kurz vor der Reife. Die mit glänzend roten Äpfeln und
dunkelvioletten Pflaumen dicht behängten Zweige neigten sich
unter der Last dem Boden entgegen, Trauerweiden gleich.
Zierliche Blumen bedeckten die Rasenflächen. Die ersten
Kelche öffneten sich bereits und neigten sich der aufgehenden
Sonne entgegen. Ein schriller Schrei durchschnitt die Ruhe und
ließ die drei zusammenfahren. Ihre erschrockenen Gesichter
wandten sich dem Wald zu. Drei Augenpaare versuchten die
dort noch herrschende Düsternis zu durchdringen. Thala löste
sich als erster aus der Schockstarre und sprang von seinem
Stuhl auf. „Jemand ist in Gefahr. Los! Wir müssen nachsehen."
Er lief los und war fast sofort zwischen den Stämmen und tief
hängenden Ästen verschwunden. Dori und Brami sahen sich

mit offenen Mündern an, dann hetzten sie hinter dem vorauseilenden Elfen her.

Thala kam zunächst zügig voran. Den Bäumen des Gartens schien regelmäßige Pflege zu Teil zu werden und der Boden war frei von Unterholz. Es genügte den Stämmen, Ästen und einigen vorwitzigen Wurzeln auszuweichen. Je weiter er sich jedoch vom Gästehaus entfernte, umso schwieriger wurde das Vorankommen. Die Bäume standen nun dichter. Einige vom Sturm gefällte Hölzer lagen quer zur Laufrichtung. Nesseln und Farne bedeckten den moosigen, unebenen Boden, gespickt mit zahlreichen Steinen und Felsen. Thala wurde langsamer. Nicht nur weil ihm das Heil seiner Knochen in den Sinn kam, sondern auch weil ihm mit der Zeit die Puste ausging. Hinter ihm hörte er, wie sich Brami und Dori durch das Unterholz schlugen. Vor ihm jedoch war es verdächtig still. Schlugen sie auch die richtige Richtung ein?

„Könnte es nicht ein Tier gewesen sein?", erkundigte sich der Zwerg unsicher, dem ebenfalls Zweifel kamen. „Nicht das wir einem Hirngespinst nachjagen."
„Zumindest kein Tier das ich kenne.", prustete Brami neben ihm. „Und wen schert es, wenn wir uns umsonst bemühen. Ein bisschen Sport am Morgen schadet doch nicht. Schlimmer wäre es, wir täten nichts und es wäre tatsächlich jemand in Not." Brami setzte leichten Fußes über einen kleinen Bach hinweg. „Kommt!", rief sie aufgeregt. „Ich sehe da vorne so etwas wie einen Pfad!"
„Und wer sagt dir, dass sich nicht eine alte Dame zwischen all den steifen Unkraut hier den Fuß verknackst hat und wir längst an ihr vorbei gelaufen sind?", maulte Dori direkt hinter ihr.
„Was sollte eine alte Dame zu dieser Stunde im Wald?", fragte der mittlerweile überholte Elf und schnaufte heftiger.
„Pilze sammeln?", konterte der Zwerg.
„Pilze sammeln? Im Frühsommer? Wohl eher nicht.", korrigierte Brami und verdrehte die Augen. Schwer atmend schob sie die letzten Zweige bei Seite und trat auf einen

Waldpfad. Dori trat neben sie. Thala traf wenige Sekunden
später ein, hielt sich vornüber gebeugt die Rippen und rang
hingebungsvoll nach Luft.

Brami, nicht faul, sah sich bereits nach dem Verursacher des
Schreis um. Und tatsächlich, wenige Dutzend Schritte gen
Norden kauerten einige Gestalten am Boden. „Seht, da passiert
etwas."
Doris Kopf wirbelte herum und reckte sich, um besser sehen zu
können. „Was treiben die denn da?" Er sprintete erneut los.
Brami hinterher. Der Elf seufzte mit schmerzverzehrtem
Gesicht und trabte hintendrein, sich immer noch die Seiten
haltend. Doris Jagdinstinkt war geweckt und er beschleunigte
auf ungeahnte Geschwindigkeit.

Zwei unförmige Gestalten machten sich an einer dritten, auf
dem Boden liegenden Person zu schaffen. Um die kleine
Gruppe herum lagen einige kleinere Bündel auf dem Weg. Sie
sahen nach Warenpaketen aus, bereit für den Versand.
Vielleicht für eine der nächsten, abgehenden Postkutschen
bestimmt? Egal, das konnte er später untersuchen. Zuerst die
Verdächtigen. Vierschrötig und dunkel sahen sie aus. Ihre
Größe war auf Grund der gebückten Haltung nicht genau zu
bestimmen, aber auf keinen Fall waren es Zwerge. Das Opfer
hingegen schon. Dori sah im Näherkommen einen buschigen
Bart und einen Helm. Die ihm am nächsten kauernde Gestalt
erhob sich und gab die Sicht auf die restliche Szenerie frei. Die
beiden versuchten augenscheinlich dem Zwerg Umhang und
Stiefel auszuziehen. Was sollte das denn werden? Die Lumpen
voraus trugen keine sichtbaren Waffen; Brami und Thala waren
dicht hinter ihm. Dori setzte alles auf eine Karte und rief laut:
„HALT! Keine Bewegung! Wache naht!"

Die hintere Gestalt riss den Kopf hoch und fauchte erbost. Die
vordere Gestalt schreckte herum und ließ den soeben
erbeuteten Umhang fallen. Beide drehten sich auf dem Absatz
um und flüchteten linkisch, aber schnell in das nahe Unterholz.

Dori dachte gar nicht erst daran, den beiden Flüchtenden in diese Wildnis zu folgen. Zielstrebig hielt er auf den am Boden liegenden Zwerg zu, bremste scharf ab und kniete neben ihm nieder.

Der Zwerg war nicht völlig besinnungslos, schien jedoch arg angeschlagen zu sein. Er war leichenblass. Seine Hände zitterten mit seinem Bart um die Wette. War das der Schock? Dori neigte sich dem Gesicht entgegen. Seine Nase nahm einen scharfen, leicht bitteren Geruch wahr.

Was hatte ihm sein Vater über Betäubungsmittel beigebracht? Sonnenwinde, blumig süß; Ramontrawurz, herb; Teermohnsud, scharf und bitter, verfärbt die Haut und lässt sie grünlich erscheinen. Dori betrachtete den Zwerg noch genauer. Ja, Lippen und Nase waren leicht verfärbt. Also Teermohnsud. Dieser Zwerg wurde angegriffen, vermutlich von hinten und es wurde ihm ein Lappen mit Teermohnsud auf Mund und Nase gedrückt. Ganz klar! Vorsichtig tastete Dori den fremden Mann ab, er schien ansonsten keine weiteren Verletzungen aufzuweisen.

Mittlerweile war auch Brami am Ort des Geschehens angekommen. Dori winkte sie zu sich herüber und bat sie, sich um den Zwerg zu kümmern. Er selbst wandte sich dem Tatort zu. Die Übeltäter hatten sowohl den Umhang als auch die Schuhe des Opfers während ihrer wilden Flucht zurück gelassen. Er betrachtete beides, sie waren von guter Qualität, aber nicht von besonderem Wert. Im Gegenteil, der Umhang war vom langen Tragen leicht fadenscheinig und auch die Stiefel zeigten deutliche Gebrauchsspuren. Was wollten die Kerle damit? Verkaufen sicher nicht. Dori faltete den Umhang und reicht ihn an Brami weiter, die ihn dem armen Tropf zu ihren Füssen unter den Kopf schob. Beruhigend redete sie auf den Mann ein, versicherte ihm immer wieder, dass ihm keine Gefahr mehr drohe und er in Sicherheit sei. Langsam ließ das Zittern seiner Hände nach.

Thala humpelte heran. „Soll ich nachsehen, ob sie auf ihrer Flucht irgendwelche Spuren hinterlassen haben?", erkundigte er sich bei Dori. Dieser schüttelte nachdenklich den Kopf. „Ich möchte mir die Spuren selbst ansehen. Sei so gut, sammele die Pakete auf, die hier herum liegen und sieh sie dir genau an. Aber bleib auf dem Weg." Der Elf nickte und machte sich ans Werk.

Vier verschieden große Pakete lagen auf oder direkt neben dem Pfad verstreut. Thala klaubte sie auf und untersuchte sie eingehend. Alle waren unterschiedlich schwer und mit kleinen Adressschildchen versehen. Eines der Päckchen war aufgerissen und der Inhalt lag im Gras. Mehrere einzeln verpackte Metallteile waren sichtbar, kleine Schrauben und Muttern. Winzige Zahnräder, Gewichte und Gewinde. Teile von Uhren, wie es dem Elfen sofort in den Sinn kam. Der Zwerg musste ein Uhrmacher oder Feinmechaniker sein. Jemand, der Ersatzteile für Glockenspiele und Turmuhren herstellte und verschickte oder gar diese kleinen Kunstwerke selbst herstellte. Thala warf einen genaueren Blick auf die Adressschilder. Zwei der Päckchen sollten nach Maknova gehen, je eines an die Benman Universität und an ein Museum. Ein weiteres ging an einen Manufakturbesitzer in Rabati. Und das letzte, das aufgeplatzte Paket, mit Abstand das größte von allen, sollte an den Goldschmied Horgen in Burrok verschickt werden. Der Elf verpackte die zierlichen Metallgegenstände notdürftig und begab sich mit seiner Last zu Brami und dem am Boden liegenden Zwerg. Letzterer sah schon etwas besser aus. Die Farbe kehrte in sein Gesicht zurück, als Brami ihm dabei half sich langsam aufzusetzen.

Dori untersuchte in der Zwischenzeit den Wegesrand. Schnell hatte er die Stelle gefunden, an der sich die Räuber aufgehalten hatten, um auf ein passendes Opfer zu warten. Hinter einem Stechginsterbusch war der Boden platt getreten. So platt, dass der Zwerg keinen charakteristischen Fußabdruck mehr ausmachen konnte. Auch an der Stelle, an der sie hinter dem Gebüsch hervor gekommen waren, um sich auf ihr ahnungsloses Opfer zu stürzen, war nichts Genaues zu erkennen. Der zweite Räuber mussten sich in den Fußtritten des ersten bewegt haben. Vielleicht um ihre Stärke zu verbergen? Der Pfad selbst bestand aus einer festgetretenen Humusschicht, vermischt mit den Blatt- und Nadelresten der umstehenden Bäume, sowie zahlreichen Kieseln. Hunderte von Fußpaaren hatten den Pfad geformt, hatten ihn fest werden lassen wie Stein. Es würde wochenlanger Regenfälle bedürfen, bevor man diesem Trampelpfad einen einzelnen Fußabdruck entlocken würde. Ort und Umstände schienen gut geplant, um möglichst wenig Spuren zu hinterlassen. Was bedeutete, die Räuber hatten etwas zu verbergen, etwas das sie überführen konnte. Doris Stirn lag in Falten, so angestrengt dachte er nach. „Unser Erscheinen haben sie nicht einplanen können. Die Gästehäuser sind recht weit entfernt und nicht regelmäßig besucht. Hätten wir uns nicht im Pavillon aufgehalten, sondern geschlafen, wie die anderen Bewohner, wäre der Schrei ungehört verklungen, wie ein Käutzchenruf in der Nacht.", murmelte er vor sich hin. Thala und Brami warfen sich hinter seinem Rücken vielsagende Blicke zu.

Dori ging auf die Knie und kroch auf allen Vieren durch Farn und Fingerhut, den Fluchtweg der Räuber entlang. Bald war er im Unterholz und aus dem Blickfeld der Freunde verschwunden.

Dann, ein weiterer Schrei. Brami, Thala und der Uhrmacher zuckten zusammen. Der Schrei wiederholte sich, troff vor Triumph. Dori kroch aus dem Gebüsch hervor und grinste breit. Aber ein anderes Vorkommnis beanspruchte ihre Aufmerksamkeit. Der überfallene Zwerg rappelte sich nun endgültig auf und betrachtete verwirrt sein Umfeld. Sachte schob er Bramis helfend dargebotene Hand bei Seite. Er schwankte leicht, hielt sich aber aufrecht. Die rechte Hand an die dröhnende Stirn gedrückt, wandte er sich an seine Retter.

„Was ist passiert? Ich kann mich nur noch an einen Schemen erinnern; wie ich von hinten gepackt und mir ein stinkender Lappen auf das Gesicht gepresst wurde."

Er richtete seine Worte an Thala, der ihm wohl die meiste Autorität zu verströmen schien. „Was ihnen genau widerfahren ist, wissen wir nicht. Wir kamen erst hinzu als ihnen zwei Räuber Umhang und Stiefel entwenden wollten."

Der Mann fuhr hastig herum, von einem plötzlichen Gedanken getrieben. „Meine Pakete! Wo sind meine Pakete?"

Brami deutete auf das kleine Häufchen neben sich. „Sie sind hier, aber eines wurde durch den Angriff leider beschädigt."

Der Zwerg bückte sich und betrachtete die Päckchen. „Nun, der Schaden scheint nicht groß zu sein, welch ein Glück, es war die Arbeit eines ganzen Monats." Er hob den Kopf. „Ihr lieben Kinder! Ich muss euch für meine Rettung danken." Er gab jedem feierlich die Hand und deutete eine kleine Verbeugung an. „Das war nicht selbstverständlich, was ihr da getan habt und manch ein Erwachsener hätte sich das nicht getraut. Aber nun muss ich euch verlassen. Die Kutschen warten nicht. Nochmals vielen Dank." Er schob sich die Päckchen unter den Arm und eilte den Weg entlang.

„Halt!", rief ihm Dori hinterher. „Wir müssen die Wache über den Vorfall informieren."

„Keine Zeit Kinder! Es ist ja auch zum Glück nichts passiert, dank eures beherzten Eingreifens.", rief ihnen der Mann über die Schulter hinweg zu.

„Dann sagt uns doch wenigstens euren Namen, falls sich noch Fragen ergeben.", rief Dori noch lauter.

Der Mann blieb abrupt stehen, drehte sich zu den Jugendlichen um und wartete, bis diese aufgeholt hatten. Ein verlegener Gesichtsausdruck trat auf seine Züge. „Kinder!", sagte er beschwichtigend. „Ihr versteht das nicht. Vuswal ist schon lange kein sicherer Ort mehr. Hier geschehen Dinge, an die ihr in eurem zarten Alter noch keinen Gedanken verschwenden solltet." Er brach ab, rang nach Worten. „Die Welt besteht nicht nur aus guten Wesen. Und deshalb müsst ihr wissen: Je mehr man auf sich aufmerksam macht, umso mehr nimmt das

Böse von einem Notiz. Bleibt in Deckung. Verhaltet euch still! Keiner muss von diesem Vorfall erfahren."
Die drei sahen ihn mit verständnislosem und in Doris Fall entsetztem Gesichtsausdruck an.

Der alte Zwerg sah sich gezwungen weiter auszuholen. Er seufzte schwer. „Also gut, so viel sei gesagt: Es gibt da einen Schneider, einen entfernten Verwandten meiner Frau. Einer seiner Mitarbeiter wurde auf einem Botengang überfallen, ähnlich dem Vorfall heute. Dem Mann wurden Umhang, Schuhe, Hose und Kittel entwendet, sowie sämtliche maßgeschneiderten Kleidungsstücke, die dieser an einen hochrangigen Kunden ausliefern sollte. Die ganze Angelegenheit schlug ziemlich hohe Wellen, wegen dem hochrangigen Kunden und dem verletzten Boten, der mehrere Wochen ausfiel. Auf jeden Fall sah sich die Wache gezwungen einige Lagerhäuser zu durchsuchen und mehrere Verhöre durchzuführen. Die ganze Stadt war wochenlang in Aufruhr. Dann wurde die kleine Karawane unseres Verwandten auf dem Weg nach Angosch an den großen Seen überfallen und kurz darauf brannte eines seiner Stofflager ab. Als die Ermittlungen endlich ergebnislos eingestellt wurden, war er beinahe mittellos. Und dies ist kein Einzelfall. Ich weiß zwar nicht wer oder was dahinter steckt, aber ich erkenne eine Methode darin. Er wurde bestraft, weil er die Aufmerksamkeit auf etwas gelenkt hat, das keine Aufmerksamkeit wollte. Ich will nicht, dass es mir genauso ergeht. Das kann sich unsere Familie nicht ein zweites Mal leisten. Auch wenn ihr mich gerettet habt und ich euch dafür unendlich dankbar bin, ich kann euch meinen Namen nicht sagen." Er klopfte Dori entschuldigend auf die Schulter und ließ die Kinder ratlos zurück.

Diese starrten ihm wortlos nach, wie er dem parallel zur Graf-Detjok-Straße verlaufenden Pfad folgte und um eine Ecke bog. Dies würde ihn zu einer der Querstraßen führen, die von den unbebauten Teilen des Tafelbergs in Richtung Innenstadt verliefen.

„Versteht ihr das? Oder bin ich die Einzige, der das Verhalten komisch vorkommt?", erkundigte sich Brami bei den Jungs. Beide schüttelten den Kopf.

„Er heißt übrigens Onda Kupferbieger. Es stand auf den Schildchen.", verkündete Thala mit breitem Grinsen.

„Und ich weiß wie der Überfall abgelaufen ist.", sagte Dori.

„Gut, dann müssen wir nur noch herausfinden, was in dieser Stadt los ist und wer dahinter steckt. Habt ihr Lust auf ein kleines Abenteuer?", fragte das Mädchen verschmitzt und die Jungs nickten begeistert. Sie seufzte. „Leider nicht mehr heute. Ich muss heim und mich fertig machen. Heute Nachmittag findet ein Empfang beim Stadtrat statt. Da muss ich mit meinen Eltern erscheinen.", sagte sie mit Bedauern in der Stimme.

„Ich auch.", kam es synchron von Elf und Zwerg.

„Wie schön, dann sehen wir uns ja nachher noch. Ansonsten Morgen zur achten Stunde, im Pavillon!"

Kapitel 3: Der grüne Flöz

Der Mittag nahte für Brami schnell heran. Das
Kammermädchen hatte ein dunkelblaues Kleid an den
Kleiderhaken der Tür gehängt. Brami mochte dieses Kleid. Es
war ohne Schnörkel und lästigem Firlefanz. Einfach nur ein
dunkelblaues, etwa knielanges Kleid mit halbem Arm und
einem schmalen Gürtel um die Taille. Es hatte harte Kämpfe
mit Anorla bedurft, dieses Kleid zu bekommen. Es war der
goldene Kompromiss aus ‚Wir kaufen dir jetzt etwas Schickes
und Elegantes.' von Anorla und ‚Wenn ich das anziehen muss,
bleibe ich daheim.' von Brami.

Bevor sie sich umziehen musste, wurde im Speiseraum ein
kleiner Imbiss gereicht. Das Mädchen ließ es sich schmecken.
Anorla war in guter Laune und plauderte munter vor sich hin,
während Chenor einfach nur da saß, seine Frau betrachtete und
lächelte. Es war ein guter Morgen, fast wie früher. Heutzutage
hatte eine Mahlzeit mit Anorla ohne Arbeit Seltenheitswert.
Brami wollte den Moment nicht zerstören und behielt die
Erlebnisse des frühen Morgens für sich. Nach dem Essen
wusch sie sich und zog sich an. Zur 14. Stunde würde die
Kutsche vorfahren und die Familie in den Königspalast
bringen.

Alles verlief planmäßig. Pünktlich um 14:30 Uhr fuhren die
Kutschen an der Empfangstreppe des Palastes vor. Ein Zwerg
in Livree öffnete den Verschlag und bot den Damen eine
helfende Hand an. Eine Schar Wachen stand in voller Rüstung
längs der mit violettem Teppich ausgelegten Treppe Spalier.
Viele Herrschaften der Stadt und hochrangige Gäste gaben sich
die Ehre. Am Eingang zum großen Empfangssaal tat der
Zeremonienmeister seine Pflicht. Mit nur geringfügigen Pausen
pochte der stahlbeschlagene Stab mit dem weißen Bergkristall
an der Spitze, auf die Marmorplatten, während der
Zeremonienmeister die lange Reihe der Wartenden abarbeitete.
Das laute Pochen hallte durch den ganzen Saal und ließ alle

Anwesenden aufmerken, dann warf sich der ältere Zwerg stolz in die Brust und verkündete lauthals die Namen der Eintreffenden. Bereits vorgestellte Gäste schritten die lange, gewundene Freitreppe hinab und gesellten sich zu den anwesenden Höflingen, die sich in kleinen Gruppen in dem mit schwarzen und weißen Fliesen ausgelegten Saal verteilten. Hohe Fensterreihen spendeten angenehmes Licht und gaben einen kleinen Ausblick auf den weitläufigen Palastpark.

Natürlich war längst nicht jeder Besucher von Vuswal hier geladen. Diese monatliche Vorstellung erhielten lediglich die Ehrengäste der Stadt, wichtige Händler, Diplomaten, Gelehrte und Künstler. König Senok Graubart galt als sehr liberal. Sein Hofstaat bestand nicht, wie man vielleicht vermuten mochte, ausschließlich aus Zwergen. Auch eine große Zahl an Menschen und Elfen war anwesend. Der König hatte erkannt, dass die Stadt am besten funktionierte, wenn man die Stärken der unterschiedlichen Rassen kombinierte; das handwerkliche Geschick und die Stärke der Zwerge, das gesammelte Wissen und den Kunstverstand der Elfen, sowie das Handelsgeschick und den Erfindungsreichtum der Menschen. Vuswal erblühte. Sie war die Perle unten den zwergischen Stadtstaaten. Kunst und Kultur hatten sich in den letzten Jahren etabliert, aber auch viele Gelehrte ließen sich hier nieder.

Langsam aber stetig rückten Brami und ihre Eltern innerhalb der Schlange näher an den Zeremonienmeister heran. Neugierige Blicke trafen Brami, Anorla und Chenor von allen Seiten. Elegant gekleidete Damen spähten über spitzenbesetzte Fächer zu ihnen hinüber. Schwarz und golden befrackte Herren wagten, auf kristallbesetzte Gehstöcke gestützt erste Einschätzungenen. Geflüsterte Mutmaßungen über die Neuankömmlinge machten die Runde und ließen weitere Augenpaare zu ihnen hinüber wandern. Brami fühlte sich wie auf dem Präsentierteller. Um ihr Unwohlsein zu kompensieren, ging sie zum Gegenangriff über. Sie drückte den Rücken durch und erwiderte die neugierigen Blicke herausfordernd, bis man sich von ihnen abwandte.

Dann endlich war der große Augenblick gekommen. Ein kurzer Blick und der ehrwürdige, alte Zwerg im Lederwams und mit dem violetten Wappenrock ließ erneut den Amtsstab auf die Platten nieder fahren. Auf seinem edlen Rock war das Wappen von Vuswal eingestickt, silbernes Schwert auf schwarzem Schild. Viele der Höflinge und Gäste im Saal wandten sich den herabschreitenden Neuankömmlingen zu. Man kannte einander so lange, dass man sich auf neue Gesichter und interessante Geschichten aus fremden Ländern freute.

Galant führte Chenor Anorla am Arm die gewundene Freitreppe in den großen Emfangssaal hinab. Brami folgte ihnen und blickte auf die erwartungsvolle Menge hinab. An die fünfzig Würdenträger hatten sich eingefunden, um die Neuen zu begrüßen, teils allein, teils in Begleitung ihrer Familien. Das Mädchen entdeckte Dori und Thala, die mit ihren Eltern am Fuße der Freitreppe warteten. Bei ihnen befand sich eine imposant ausstaffierte Zwergendame, die wortreich auf die sechs Personen einredete. Sie trug ein bodenlanges, tief dekolletiertes Kleid, welches sie an den richtigen Stellen auf beeindruckende Weise ausfüllte. Jedes Mal, wenn sie sich von einem zum anderen Gesprächspartner drehte, sah sich der Angesprochene gezwungen einen Schritt zurück zu treten, um nicht von den bebenden Massen kritisch getroffen zu werden. Am meisten beeindruckte jedoch ihre weiß gepuderte, hoch aufragende Perücke, welche ihre Körpergröße annähernd verdoppelte. Das ältliche, aber durchaus hübsche Gesicht wurde von einem etwa nussgroßen Schönheitsfleck dominiert, der das Auge des Betrachters wie magisch in den Bann zog. „Ah, da kommen sie ja. Wie schön! Nun sind wir komplett.", rief sie verzückt aus und wandte sich Bramis Familie zu. „Verehrte Frau Anorla, Herr Chenor, herzlich Willkommen in Vuswal. Auch dir, liebe Subramey einen herzlichen Empfang in unserer Stadt. Ich bin Jahenn, Baronin von Steinbeiss,

Cousine zweiten Grades des Zwergenkönigs und übernehme sozusagen die Pflichten der Stadtmutter, solange Senok nicht gedenkt zu heiraten." Sie lachte herzlich und reichte allen die zierliche, edelsteinberingte Hand. Unter den Erwachsenen hagelte es Nettigkeiten. Dori, Thala und Brami warfen sich vielsagende Blicke zu und verdrehten die Augen.

Nach ermüdend langer Zeit, nahm Jahenn die Neuen ins Schlepptau und tingelte mit ihnen von Grüppchen zu Grüppchen, um sie, sozusagen im kleinen Kreis den Würdenträgern der Stadt vorzustellen; Thalas Eltern als die berühmten Sänger, Bramis Eltern als einflussreiche Händler und Doris Eltern als Abgesandte aus Miltum.

Den Anfang machte Jahenn bei einer abseits stehenden Gruppe die hauptsächlich aus Uniformierten bestand und deren Mitglieder in ein anregendes Gespräch vertieft zu sein schienen. Eine drahtige Zwergin führte das Wort, die Jahenn ihnen als Brumilla, Chefin der Leibgarde des Königs, vorstellte. Deranim, Doris Vater verneigte sich vor der Amtskollegin aus Vuswal und man verabredete ein diskreteres Gespräch im Anschluss an die Vorstellungsrunde.

Bei der zweiten Gruppe, einigen bekannten Künstlern sowie dem Opernmeister nebst Gemahlin, erkannte Jahenn in dessen Sohn Kaven ein bekanntes Gesicht. „Ach, die jungen Leute langweilen sich doch bestimmt bei so vielen Höflichkeiten, wollen wir sie nicht entlassen?" Ohne die Antwort abzuwarten, wandte sie sich dem jungen Zwerg zu. „Kaven, sei doch so gut und nehme dich der drei hier an. Führ sie ein wenig herum und mache sie mit deinen Freunden bekannt."

Kaven, bereits wenig begeistert zum Empfang erscheinen zu müssen, hielt von seiner neuen Aufgabe noch viel weniger. Er warf dem Kleeblatt einen geringschätzigen Blick zu, winkte ihnen aber ihm zu folgen. Wenn sich ihm schon die günstige Gelegenheit bot, dieser lästigen Öffentlichkeitsarbeit zu entfliehen, dann wollte er sie auch nutzen. Er führte sie durch den Saal auf eine große Flügeltür zu, die auf die Terrasse hinausführte. Auf dem Weg kamen sie an einigen Altersgenossen vorbei, die fragende Blicke auf Kaven warfen. Er schien der Anführer dieser Clique von Höhergestellten zu sein, denn auf seinen Fingerzeig schlossen sich immer mehr Jugendliche an und folgten ihnen aus dem Palast hinaus.

Der schwarzhaarige Zwerg voran, durchquerten sie den Palastgarten, schritten über den Vorplatz und passierten den Tempel. Es wurde kein einziges Wort gesprochen. Weder mit den Freunden, noch untereinander. Brami warf Thala und Dori einen ratlosen Blick zu, doch diese konnten sich das seltsame Verhalten ebenfalls nicht erklären. Sie überquerten die ‚Tonleiter' und folgten dem Bürgersteig auf der rechten Straßenseite bis sie zu dem Eingang eines Zwergencafés gelangten. Über dem niedrigen Türsturz hing ein großes Schild. Mit giftgrüner Farbe auf dunkelbraunem Holz prangte dort der Schriftzug „Zum grünen Flöz".

Das Café befand sich in einem alten zweigeschössigen Gewächshaus aus Metall und Glas. Es war so dicht mit Bäumen und Pflanzen zugestellt, dass man, um zu einem der freien Plätze zu gelangen, tatsächlich durch einen engen, grünen, verzweigten Stollen gehen musste. Der Vergleich passte! Doch anstatt als Café, hätte sich der Laden durchaus auch glaubhaft als Blumengeschäft oder botanischer Garten ausgeben können.

Die Luft war ungewohnt feucht und ein wenig stickig. Bei jedem Schritt war man gezwungen Blätter, Wedel oder Stauden bei Seite zu schieben. Der Boden aus schwarzen Steinplatten, war auf Grund der Menge an Kübeln und Pflanzkästen kaum auszumachen. Bastkörbe standen neben großen Keramikvasen, Holzkästen neben Tuffkübeln. Das Labyrinth war perfekt und Brami fragte sich, wie hier eine Bedienung die Orientierung behalten konnte. Wahrscheinlich verließen sie die Theke niemals ohne ein Überlebenspaket. Nur für den Fall, dass sie sich verliefen und zwei Wochen in der Wildnis überleben mussten bevor ein Rettungsteam sie wiederfand. Dori spekulierte bereits, dass die zweite Etage lediglich für erfahrene Dschungelforscher geeignet war und Anfängern der Zutritt verweigert wurde oder aber, dass der Weg zum Klo ohne Machete zu einer echten Herausforderung werden könnte. Thala hingegen war sich ziemlich sicher, aus den Augenwinkeln einen echten, lebenden Papageien gesehen zu haben, der mit einigen Blättern und Zweigen im Schnabel auf dem Weg hinauf in den Wipfel einer besonders hohen Palme war. Darüber hinaus war er einfach nur froh noch keiner elfenfressenden Pflanze über den Weg gelaufen zu sein.

All diese neuen, ungewohnten Eindrücke lenkten sie nur bedingt von der angespannten Situation ab. Keinem passte die unhöfliche Art, mit der man ihnen begegnete. Wenn man sie nicht um sich haben wollte, warum hatten Kaven dann nicht abgelehnt? Auf jeden Fall war es unverschämt, sie einfach so mitzuschleifen. Einige kurze, erklärende Worte hätten schließlich ausgereicht, um ein gewisses Maß an Wohlbefinden zu vermitteln. Im stillen Einvernehmen wappneten sie sich. Was auch immer da auf sie zukam, es würde unangenehm werden.

Brami fasst sich schließlich ein Herz und sprach den schwarzhaarigen Zwerg an. „Kaven, auf ein Wort.", begann sie. Kaven winkte brüsk ab und machte sich nicht einmal die Mühe stehen zu bleiben.

Brami runzelte erzürnt die Stirn. *„Was für ein ungehobelter Kerl.",* dachte sie bei sich. *„Hat er denn gar keine Kinderstube?"*

Eine mollige, blonde Elfe gleich hinter ihr lachte laut auf und drängelte sich schulterschubsend an ihr vorbei. Hätte Thala nicht beherzt ihren Arm ergriffen, wäre sie kopfüber in die

Bananenstauden gestürzt, die sie in diesem Moment passierten. Dori grunzte wütend und zog die Stirn noch ein wenig krauser. Seine schwarzen Augen funkelten böse unter der Krempe seines Helms hervor. Das Mädchen legte ihm beruhigend die Hand auf die Schulter und schenkte ihm einen dankbaren Blick. Dann schüttelte sie den Kopf und flüsterte:" Noch nicht. Ich will erst wissen, was das alles soll." Der Zwerg löste langsam seine geballten Fäuste. Er schnaubte laut, nickte jedoch zustimmend.

Kaven schien sich auszukennen, Auch der Rest des wortkargen Grüppchens, zeigte keine größere Scheu oder Unsicherheit in dieser eher ungewöhnlichen Umgebung. Der schwarzhaarige Zwerg führte sie in eine geräumige Laube, umgeben von Kokospalmen, Kakaobüschen und Chilipflanzen, in der er mit seinen Freunden Platz nahm. Brami, Thala und Dori blieben stehen, denn schnell war klar, dass für sie kein Platz mehr in dieser eingeschworenen Runde war. Einem vorbeieilenden Kellner rief Kaven seine Bestellung zu, „Lanier, Fassbrause für alle, wie immer.", dann richtete er seine Aufmerksamkeit den Neuen zu.

„Schaut euch ruhig um.", sagte er und deutete gönnerhaft auf die durchaus idyllische Umgebung. „Wer weiß, ob man euch noch einmal herein lässt. Wenn es nach mir geht, wird das nicht der Fall sein."

Das Kleeblatt stutzte, was soll denn nun diese Anmache? „Darf man fragen, was dein Problem ist?", erkundigte sich Dori, sichtlich gereizt. „Wir sind immerhin Gäste in dieser Stadt. Solltet ihr da nicht ein wenig mehr Höflichkeit heucheln?"

„Diese Stadt hatte in letzter Zeit schon genug *Gäste.* Erst kamen die Hungerleider aus Kuszok und dann das ganze Gesocks aus Benim. Alle wurden auf unsere Kosten in unsere eigenen Häuser einquartiert. Jeder der nicht weiß wohin, taucht in unserer Stadt auf. Es reicht uns langsam."

„Man ist hier seines Lebens nicht mehr sicher, seit diese ganzen Fremden in der Stadt sind, überall Überfälle und

Einbrüche. Man traut sich schon nicht mehr alleine auf die Straße.", betonte ein rothaariges Menschenmädchen, welches sich selbstgefällig an Kavens Seite herum schlängelte.

„Genau, Nabru! Wir wollen keine weiteren Fremden und die die da sind, sollen verschwinden!"

„Habt ihr überhaupt eine Ahnung wovon ihr da redet?" Doris Gesicht war die ganze Zeit immer roter angelaufen und nun explodierte er. „Kuszok ist von einem pyroklastischen Strom getroffen worden, ihr Narren. Nur für den Fall, dass ihr nicht wissen solltet was das ist: Die ganze Stadt wurde unter heißem Gesteinsschlamm begraben. Wer sich retten konnte, ist nur mit seinem Leben und vielleicht ein oder zwei Habseligkeiten davon gekommen. So viel zum Thema ‚Hungerleider'!" Dori wurde vor aufgestauter Wut immer größer. Seine Füße drohten bereits den Bodenkontakt zu verlieren. Thala, der hinter ihm stand, musste sich ein Schmunzeln verkneifen.

„Und was die Flüchtlinge aus Benim angeht, im Norden herrscht KRIEG. Sie sind vor der Belagerung des verdammten, vermummten Herrschers geflohen und haben sich durch den ganzen Nordkontinent bis hierhin durchgeschlagen." Der Zwerg bebte vor Zorn. „Ihr sitzt hier behaglich in eurem Café, habt ein sicheres Zuhause, gefüllte Bäuche und ein warmes Bett und maßt euch an über diese Menschen zu urteilen? Ja sogar auf sie herab zu sehen? Ihr seid widerlich!" Tiefe Abscheu zeichnete Doris Gesicht. „Überhaupt, was machst du hier eigentlich den Lauten? EURE STADT?!? Unter deinen Kumpels hier sind MENSCHEN und ELFEN. Vuswal ist eine ZWERGENstadt, wenn wir einmal ganz genau sein wollen. Willst du die auch vor die Tür setzen?"

Kaven und seine Freunde schnappten empört nach Luft.
„Es ist uns egal, wie ihr darüber denkt. Wir haben unsere eigene Meinung zu diesem Thema und legen keinen Wert auf die eure. Es interessiert uns auch nicht wer ihr seid, woher ihr kommt und was ihr vorhabt. Ihr seid nur noch mehr Fremde, die keiner eingeladen hat.", beharrte Kaven.

„Tja, da bist du leider schlecht informiert, lieber Kaven. Meine Familie und ich sind auf Einladung der Stadt hier. Der König höchst selbst hat um unser Erscheinen in der Stadt gebeten. Wirklich dumm gelaufen für dich. Ich glaube es wird ihm gar nicht gefallen, wenn er erfährt, wie seine Gäste behandelt werden.", verkündete Brami mit gespieltem Snobismus und blinzelte geziert auf den sitzenden Zwerg hinab.

„Ich vermute das ist nicht die berühmte Gastfreundschaft die man den Zwergen nachsagt, oder?", erkundigte sich Thala mit hochgezogener Augenbraue. „Es hat für mich eher etwas von Kindergarten."
„Ja!", bestätigte Dori trocken. „Nur das dieses Pack hier noch Windeln trägt, damit es nicht so schnell auffällt, wenn sie sich in die Hosen machen." Sein geringschätziger Blick traf Kaven. „Angst um deinen Status kleiner Mann?! In Miltum würde man unreifen Dummschwätzern wie dir den Hintern versohlen bis sie wieder zu Verstand kommen. Wer Freunden in der Not nicht hilft und sie als lästige Bittsteller abtut, ist für mich nichts anderes als Abschaum, mit dem ich nichts zu tun haben will." Subramey nickte Thala und Falidor auffordernd zu. „Ja, sieht schwer verhungert aus, die Vuswaler Jugend, wenn schon nicht an den Hüften, dann doch zumindest am Hirn. Lasst uns gehen, Jungs, mit solchen HUNGERLEIDERN geben wir uns nicht ab."

Sie wandten sich zum Gehen, als ein großgewachsener Elf von vielleicht sechzehn Jahren sich erbost erhob und mit geballten Fäusten auf die drei zutrat. Sofort versteifte sich Thala und auch Dori senkte kampfeslustig den Kopf. Brami schob die beiden bei Seite, trat vor und hob gebieterisch die Hand. „Halt, im Namen des Gehörschutzes! Wie dir bekannt sein sollte, habe ich hier an meiner Seite den hoffnungsvollen Spross einer berühmten Opernsängerfamilie und er ist scharf geladen! Eine falsche Bewegung und sein hohes C wird dir nicht nur den Schmalz in den Ohren schmelzen, sondern auch den letzten Rest deines Hirns verflüssigen."

Der Elf hielt verunsichert inne. Mit fragendem Blick wandte er sich an Kaven, der irritiert mit den Schultern zuckte.

Brami kam in Fahrt und setzte noch einen oben drauf. „Zu meiner anderen Seite steht Falidor, Juniorermittler der Miltumer Stadtwache. Er ist der Sohn des obersten Abgesandten der Handelsstadt und bestens vertraut mit sämtlichen Kampfsportarten, die ihr euch denken könnt. Ich rate euch deshalb uns zukünftig nicht mehr zu belästigen oder ihr werdet dem König einiges zu erklären haben, unter anderem warum eure Arme und Beine verknotet sind."

Eilig ließen sie den ,grünen Flöz' hinter sich, eine Ansammlung verwirrter Vuswaler Jugendlicher zurücklassend. Sie überquerten die erste Fahrbahn der Tonleiter, um in ihrer Mitte, unter den Baumreihen aus Silber- und Goldlinden, in Richtung Palast zu spazieren.
„Hohes C?", fragte Thala nach einer Weile und richtete die unfertige Frage an die verlegen dreinschauende Brami.
„Juniorermittler?", erkundigte sich Dori höflich und mit einem zarten Anflug eines Lächelns auf den Lippen.
Brami hüstelte unsicher. „Mir ist auf die Schnelle nichts anderes eingefallen und wir wollten doch wirklich mehr über die Überfälle herausfinden, oder? Warum sollten wir uns dann diese verweichlichten Pfeifen ans Bein binden?" Hoffnungsvoll wechselte ihr Blick zwischen Thala und Dori hin und her.
„Ja, wollen wir…", begann der Elf, doch Dori fiel ihm ins Wort. „Aber was machen wir, wenn sie herausfinden, dass du ihnen Unsinn erzählt und sie lächerlich gemacht hast?" Die Vorstellung versetzte den Zwerg in eine bisher nicht bekannte Hochstimmung.
„Laut lachen?", schlug Thala grinsend vor.
„Nun, wenn sie es bis jetzt nicht gemerkt haben, werden sie es mit aller Wahrscheinlichkeit auch später nicht herausfinden. Das sind Feiglinge die anderen Angst machen wollen, indem sie als Rudel auftreten und ein wenig auf den Putz hauen. Wenn alle Stricke reißen und sie uns wirklich Schwierigkeiten

machen sollten, kann ich ihnen immer noch die Fassbrause streichen lassen. Meine Mutter beliefert die ganze Gegend mit dem Zeug. Sie würde sich sicher freuen, mir diesen kleinen Gefallen zu tun.", erwiderte Brami lieblich lächelnd.

„Böse…!", kommentierte der Elf und nickte Brami anerkennend zu.

„Unfassbar! Was für Idioten! Ich kann mich gar nicht beruhigen. Wenn das die crème de la crème der Vuswaler Jugend ist,…", Dori ließ den Satz unvollendet. „Ich bin einfach nur froh, euch kennengelernt zu haben! Wenn ich es allein mit denen hier aushalten müsste, ich würde sofort fortlaufen."

Sie kehrten zum großen Platz am Stadttor zurück, setzten sich auf die niedrige Umrandungsmauer des Brunnens und ließen die Beine baumeln.

„Wie lange bleibt ihr hier?", erkundigte sich Dori, mehr um das Gespräch in Gang zu halten als aus echtem Interesse.

„Mindestens für ein Jahr. Mehr, wenn das Engagement meiner Eltern verlängert wird.", entgegnete Thala gelangweilt.

„Engagement? Sie sind beim Theater, oder?"

„Nein, bei der Oper!"

„Bei der Zwergenoper?" Doris Augen weiteten sich ungläubig.

„Aber sie sind doch Elfen! Oder etwa nicht?" Er war sichtlich verwirrt und rief sich die Bilder von Thalas Eltern erneut vor Augen.

„Natürlich sind sie Elfen. Genau wie ich. Du würdest nicht glauben, mit was man bei der Oper alles durchkommt. Gib meinem Vater eine Axt und einen Schild in die Hand und nach einer Strophe über Erze, Kristalle und Schmiedekunst bist du der festen Überzeugung, dass er in seinem ganzen Leben nichts anderes getan hat als im Bergwerk Gestein zu hacken oder in der Schmiede die Esse zu schüren." Bitterkeit machte sich in der Stimme des jungen Elfen breit.

„Nun das ist doch eine tolle Gabe.", meinte der Zwerg unsicher.

„Nicht wenn sie meinen, dass es im Leben genauso funktionieren muss. Sing eine Strophe über Bildhauerei und schon bist du Bildhauer! Das ich nicht lache. Sie leben in einer anderen Welt."

Dori senkte betreten den Blick. Seine Füße scharrten verlegen an der Mauer auf der er saß.

Nach einer Weile nahm Brami das Gespräch erneut auf. „Und was willst du in der Zeit hier in Vuswal unternehmen? Gehst du auch zur Oper?"

Thala schnaubte abfällig und gab einem Kiesel vor ihm einen kräftigen Tritt. „Ganz bestimmt nicht. Ich suche mir einen Beruf, der mich interessiert und baue mir ein eigenes Leben auf."

„In was warst du denn gut in der Schule?", erkundigte sich der Zwerg.

„In allen handwerklichen Fächern. Nicht das es meine Eltern interessiert hätte. Deren einzige Sorge bestand darin, dass ich keinerlei Talent in künstlerischen Dingen zeigte."

Die beiden Freunde starrten ihn verständnislos an.

Thala seufzte und setzte zur Erklärung an: „Wenn ich ein Instrument anstimme, dann klingt es, als würde jemand Katzen foltern, egal wie viel Mühe ich mir gebe. Meine Singstimme grenzt an schwere Körperverletzung und wenn man das gesungene Lied erkennen wollte, hätte man größere Chancen in der Stadtlotterie von Maknova den Hauptgewinn zu ziehen. Versteht ihr?" Dori und Brami nickten mitfühlend. Thala zuckte betroffen mit den Schultern. „Wahrscheinlich würden sie sich sogar damit abfinden, wenn ich Komponist oder Dirigent werden würde. Leider geht mein Talent auch hier nicht nur gegen Null, es befindet sich nachweislich weit im Minusbereich. Und dass ihr einziges Kind so dermaßen talentlos ist, können sie einfach nicht verstehen. Die Kunst ist ihr Leben."

„Oh Mann, und ich dachte, ich hätte es schwer." Das Mädchen schüttelte den Kopf. „Meine Eltern verlangen nur, dass ich ein Leben führe, welches sie selber nicht führen wollen."

Schweigend saßen sie nebeneinander, während die Sonne gemächlich hinter dem Tafelberg unterging.

Kapitel 4: Verschwörung

Einige Tage vergingen bevor die drei ihr vereinbartes Treffen im Pavillon einhalten konnten. Als sie dann endlich im Schatten der Obstbäume zusammen kamen, hatten sie einander viel zu berichten.

Thala hatte den ersten Tag damit verbracht seine Eltern zur Oper zu begleiten, wo eine Begrüßungsfeier für das berühmte Sängerpaar inszeniert worden war. Der geliebte Sohn hatte, trotz seiner Abneigung gegenüber der überdrehten Kunstszene, nicht fehlen dürfen. Familie verpflichtet! Das Spektakel war einzigartig gewesen. Das Orchester spielte zum Tanz auf und munter drehten sich Paare aus Künstlern, Noblen und Mäzenen im großen Bankettsaal. Allen Orts wurde eifrig Konversation und Werbung für sich selbst gemacht. In einem günstigen Moment nahm Thala die Gelegenheit wahr dem Trubel zu entgehen und ließ sich von einem der technischen Angestellten die umfangreichen Räumlichkeiten des Gebäudes zeigen. Die Mechanismen zum Wechseln der Bühnenbilder, die Beleuchtung und die Bühne selbst waren auf dem neuesten Stand und nötigten ihm einen gewissen Respekt ab. Die Mechanik hinter allem interessierte ihn, der Rest nicht.

Aus der Feier resultierten zahlreiche private Einladungen zu Empfängen und Banketten, denen die Familie ebenfalls nachkam. Nicht nur um Kontakte zu Kollegen und Förderern der schönen Künste zu knüpfen, sondern auch um der Höflichkeit Genüge zu tun. Bei der Einladung beim Opernmeister, der in einer prunkvollen Wohnung im Operngebäude residierte, war der junge Elf erneut mit Kaven zusammengetroffen. Dieser hatte sich ihm gegenüber erstaunlich kleinlaut gegeben, auch wenn von Reue keine Spur zu sehen gewesen war. Thala hatte ihn geflissentlich ignoriert und stattdessen eine Spritztour zu den Bühnenbildnern, Dekorateuren, Schneidern und Friseuren, die die Bühne und die Künstler für ihre Auftritte herrichteten unternommen. Er hatte erfahren, dass viele Bürger recht ähnlich dachten wie der Sohn des Opernmeisters und ebenfalls die Flüchtlinge für die Unannehmlichkeiten der letzten Wochen verantwortlich machten. Allerdings war man sehr genau darauf bedacht festzuhalten, dass die erste Welle von Flüchtlingen, also die Personen, die aus der verschütteten Pelzhändlerstadt Kuszok gekommen waren, kaum Schwierigkeiten gemacht hatten. Auch die ersten Tage nach der Ankunft des großen Trecks aus Benim, waren ruhig verlaufen. Dann allerdings war es zu diesem aufsehenerregenden Vorfall mit einer gewissen Frau Schorli gekommen. Einige jugendliche Naseweise, die mit dem großen Treck in die Stadt gekommen waren, hatten herausgefunden, dass besagte Händlerin gemeinsame Sache mit dem vermummten Herrscher gemacht hatte. Ebenso wie viele in der Stadt heimische Schreiber, Wachen, Handwerker und Fuhrunternehmer direkt oder indirekt an der Sache beteiligt gewesen waren. Man spekulierte, dass einige der Flüchtlinge das durch die Verhaftungen entstandene Machtvakuum genutzt hatten, um sich durch Einbrüche und Überfälle zu bereichern. So war die einhellige Meinung in der Stadt. Die Stimmung schien zu Ungunsten der Flüchtlinge zu kippen.

An dieser Stelle hakte Dori ein. Sein Vater hatte die Ermittlerin Brumilla, die Chefin der königlichen Leibgarde zu einigen Arbeitsessen eingeladen. Deranim war in diesem privaten Kreise über die bisherigen Ereignisse in der Stadt informiert worden. Selbstverständlich war auch Basur, der engste Vertraute des Königs zugegen, der damals den Zugriff auf die Händlerin Schorli durchgeführt hatte. Die meisten Gespräche zwischen Brumilla, Basur und Deranim hatten selbstverständlich hinter verschlossenen Türen stattgefunden, aber einige Fakten hatte Dori trotzdem aufschnappen können.

Das sammeln von Informationen wurde Dori zudem dadurch erleichtert, dass sich seine Mutter Mave mit Brumillas Ehemann Damin anfreundete. Beide waren von ganzem Herzen

Tüftler und Mave hatte in den wenigen Tagen der Reise und der anschließenden Ruhe feststellen müssen, dass sie ohne Arbeit nicht leben konnte. Sie blühte auf, als sie mit Damin über seine neuen Erfindungen diskutieren konnte und Damin war entzückt der schmiedebegeisterten Mave helfen zu können. Es endete damit, dass Dori und Mave die nächsten Tage in der Schmiede und der Technikscheune des Zwerges verbrachten und all die kleinen Wunder bestaunten, die dieser entwickelt hatte. Bald schon kamen die ersten Verbesserungsvorschläge zustande und Dori konnte seine Mutter getrost in Damins Schmiede zurück lassen. Ihr würde so schnell nicht wieder langweilig werden, wenn sie bis zum Bauch in einer neuen Erfindung steckte. Und das im wahrsten Sinne des Wortes.

Sehr zu seiner eigenen Freude stellte Dori fest, dass Damin und Brumilla die Eltern des Zwerges KTjamin waren, welcher mit seinen Freunden federführend an der Aufdeckung der Verschwörung um Schorli beteiligt gewesen war. Damin war unendlich stolz auf seinen Sohn und berichtete freigiebig über alles, was er selbst damals erfahren hatte.

KTjamin hatte die letzten Jahre zur Ausbildung in der Bergfestung Xaxemm verbracht. Auf einem Botengang hatte er einige Jugendliche getroffen, die auf der Suche nach Verwandten, den Weg nach Benim eingeschlagen hatten. Durch einen glücklichen Zufall waren sie der Zerstörung Xaxemms entgangen und KTjamin hatte die Freunde nach Benim begleitet, nur um dort direkt von der Belagerung durch den vermummten Herrscher überrascht zu werden. In letzter Minute flohen sie mit zahlreichen Benimer Bürgern aus der Stadt im eisigen Norden und zogen mit dem großen Treck gen Vuswal.

Damin hatte nicht alle Freunde seines Sohnes aufnehmen können und so waren einige, im Rahmen der allgemeinen Einquartierungsmaßnahmen, im Haus der Frau Schorli untergebracht worden. Dort hatten sie herausgefunden, dass

Frau Schorli nicht die harmlose aber geschickte Händlerin war, wie allgemein angenommen, sondern mit ihren Machenschaften gezielt den vermummten Herrscher unterstützte. Ihr weiträumiger Keller quoll über von Luxusgegenständen, Waffen und neuesten Technologien. Ihre Speicher und Schober, voll mit Lebensmitteln und Ausrüstung für die Armee des Herrschers, platzten aus allen Nähten. Um die Waren aus der Stadt zu schmuggeln hatten Schorli und ihre Tochter Remalla bestochen, belogen und betrogen.

Eine gezielte Entführung jedoch brach ihnen das Genick, denn KTjamin und seine Freunde fanden die junge Frau und befreiten sie aus dem Keller des Hauses. Sie setzten Remalla fest und informierten den König, der sogleich Basur losschickte um Frau Schorli ausfindig zu machen. Nun saßen Remalla und Schorli im Gefängnis und Deranim würde sie, wie geplant, in den nächsten Wochen und Monden im Auftrag seiner Königin verhören.

Die ersten Gespräche zwischen Deranim und Schorli waren jedoch wenig erfolgreich verlaufen. Frau Schorli war geständig illegalen Handel mit Luxusgütern betrieben und auch diverse Wachen und Schreiber bestochen zu haben. Kein Wunder, denn sie war auf frischer Tat ertappt worden. Die Aussagen ihrer Tochter, die diese gegenüber den jungen Leuten, die sie enttarnt hatten, gemacht hatte, brachen ihr in sofern das Genick, da auch eine Zusammenarbeit mit dem vermummten Herrscher nun nicht mehr zu leugnen war. Dieser Umstand verstimmte die stolze Händlerin so sehr, dass sie sich darüber hinaus komplett in Schweigen hüllte. Insbesondere über Mittelsmänner und Komplizen schwieg sie eisern. Über Verbindungen nach Burrok, Miltum oder Maknova wollte sie angeblich nichts wissen und von der Insel Kallaba hatte sie noch nie etwas gehört. Es war zum Haare raufen, aber Deranim und die Ermittler gaben nicht auf.

Von Damin erfuhr Dori darüber hinaus, dass die meisten Kuszoker Flüchtlinge bereits in die zerstörte Stadt zurückgekehrt waren, um mit dem Wiederaufbau zu beginnen. Lediglich einige Dutzend Verletzte waren zurück geblieben. Ebenso einige Mütter mit kleinen Kindern, deren Männer noch auf Handelsfahrt oder Pelzjagd waren, hatten weiterhin um Unterbringung in der Stadt gebeten. Selbst von den Benimern waren nur noch einige Alte und Kranke in der Stadt. Die meisten anderen waren zu Verwandten und Bekannten nach Maknova, Miltum und Burrok weitergereist. Andere waren mit den Karawanen nach Zifahan und Hersionnes unterwegs, wo viele der Benimer Handelsschiffe vor Anker gegangen waren, um den Ausgang der Belagerung abzuwarten. Alles in allem waren, wenn es hoch kam, vielleicht noch einhundert Flüchtlinge in der Stadt.

„Nach einem Seniorenclub sahen die beiden Schufte, die Uhrmacher Senkbeil überfallen haben nicht aus.", kommentierte Thala schnippisch.

„Daraus folgt, wenn wir es hier nicht mit einer kriminellen Kinderbande zu tun haben, die sich nebenbei noch als Schwerverwundete tarnen und von einer Reihe Senioren angeführt werden, können wir die Flüchtlinge wohl als Täter ausschließen. Ich möchte nicht behaupten, dass sie alle Engel sind, aber mit dieser Verbrechensserie haben sie nichts zu tun.", verkündete Dori.

„Dann bleiben nur Einheimische übrig, die die Gunst der Stunde genutzt haben, um es den Flüchtlingen in die Schuhe zu schieben, oder?" mutmaßte Brami.

„Aber müssten dann die Verbrechen nicht langsam weniger werden? Die Flüchtlinge sind fast alle fort, wie wir eben gehört haben. Lange werden sie also als Ausrede nicht mehr taugen.", meinte der Elf.

„Es gibt immer Unbelehrbare, die den Tatsachen keine Beachtung schenken und lieber weiterhin ihre Parolen rufen wollen." Brami zuckte mit den Achseln und begann mit ihrem Bericht. Sie hatte die letzten Tage in den Kontoren der

Vuswaler Händler verbracht, wo ihre Mutter die Möglichkeiten für ihre eigene Niederlassung mit den bereits vorhandenen Handelsvereinbarungen abglich. Das Mädchen hatte extra ihre Ferien unterbrochen, um ihre Mutter zu begleiten und die Vorbereitungen für den Aufbau eines eigenen Kontors zu erlernen. Während sie so zwischen Weizensäcken und Metallbarren umher spazierte und dabei Lageraufbau und Lagerarten kennenlernte, lauschte sie ihrer Mutter beim geschäftlichen Smalltalk. So erfuhr sie einige Details, die Doris und Thalas Geschichte ergänzten.

Insofern hatten Kaven und seine Freundin Nabru recht gehabt: die Überfälle und Einbrüche hatten zugenommen. Wie willkürlich betraf es Einzelpersonen, wie auch ganze Gruppen. Arm und reich. Elf, Mensch und Zwerg. Keiner in der Stadt konnte sicher sein und alle hatten Angst, denn die Serie der Gewalttaten war wie aus dem Nichts gekommen und riss trotz aller Bemühungen der Wache nicht mehr ab. Angestellte taten sich zusammen, gingen nur noch gemeinsam zur Arbeit. Eltern ließen ihre Kinder nicht mehr allein vor die Tür. Man hetzte durch die Straßen, um schnell die nötigen Wege in der Öffentlichkeit hinter sich zu bringen und wieder die vermeintlich sicheren, eigenen vier Wände zu erreichen. Und das Schlimmste: wer versuchte etwas gegen die Untaten zu unternehmen, war garantiert der Nächste den es traf. Die Übeltäter waren bestens informiert. Lediglich die Mitglieder der Armee und der Wache schienen vor Übergriffen sicher zu sein.

Wenn Brami die Gesprächsfetzen der Kontoristen, Händler, Lagerarbeiter und Kunden richtig deutete, begann alles mit dem Einbruch in eines der Lagerhäuser der Händlerin Schorli. Binnen einer Nacht wurde es komplett leer geräumt, so dass die Stauer am nächsten Tag nur noch ein leeres Gebäude vorfanden. Selbst die Kehrbesen waren entwendet worden, so sagte man. Zunächst dachten alle, jemand habe sich an der unter Verdacht stehenden Händlerin rächen wollen, doch bereits am zweiten Tag nach ihrer Festnahme wurde klar, dass es die ganze Stadt betraf. Immer mehr Details wurden bekannt. Nächtliche Überfälle und die Geschichte über den Schneider Huckes machten die Runde. Am meisten irritierte die Art der Dinge die gestohlen wurden, vornehmlich Alltags- und Gebrauchsgegenstände ohne größeren Wert, Baumaterialien und Werkzeuge, wobei oftmals wertvoller Zierrat völlig ignoriert wurden.

Ebenso erfuhr Brami von verschwundenen Wagenladungen, direkt vom Hof der Handwerker entwendet. Ja sogar ein massiver Angriff auf eine nur dürftig beschützte Karawane hatte stattgefunden, direkt vor den Toren der Stadt. Die Händler waren in Aufruhr. Man verlangte mehr Schutz von Seiten des Königs und zurzeit wurde bereits ein Zusammenschluss mehrerer Händler zu einer Karawane geplant, um so gemeinsam die Kosten für eine umfangreiche Eskorte tragen zu können.

Was Frau Schorli betraf, so besagte die Gerüchteküche der Stadt, dass die in ihren Lagern gefundenen Warenmengen zu gering waren. Gut informierte Quellen behaupteten, dass vor dem aufgegriffenen Transport, der zur Festnahme Schorlis führte, wochenlang keine Karawanen der Händlerin die Stadt verlassen hatten. Da sie jedoch große Warenmengen umzuschlagen pflegte, musste sie demzufolge mehr Speicher besessen haben. Vielleicht nicht unter ihrem eigenen Namen. Vielleicht waren weitere Händler an den Untaten beteiligt. Man begann sich zu misstrauen.

Und dann war da besagtes Lagerhaus. Der von Frau Schorli gemietete Speicher im Randbezirk war ratzekahl leer vorgefunden worden. Wohin sind die Waren verschwunden? Warum sollte sie einen leeren Speicher mieten? Oder warum sollten die Stauer lügen, indem sie behaupteten, der Speicher wäre den Tag zuvor noch gefüllt gewesen? Fragen über Fragen.

Erschlagen von der Fülle an Informationen, die sie zusammengetragen hatten, lehnte sich Brami in ihrem Stuhl zurück und fragte „Aber wie könnte das alles nur zusammen hängen?"

Thala raufte sich das kurze, schwarze Haar. „Hängt es denn überhaupt zusammen? Vielleicht hat nur ein unglücklicher Zufall alle Dinge gleichzeitig stattfinden lassen. Eine fremde Diebesbande könnte den Zeitpunkt auserkoren haben, Vuswal heimzusuchen. Zusammen mit den heimischen Verbrechern macht es vielleicht nur den Eindruck einer Verbrechensserie, die einen gemeinsamen Hintergrund hat.", spekulierte er.

Dori schüttelte seinen behelmten Kopf. „Spekulationen bringen uns nicht weiter. Lasst uns logisch an die Sache rangehen. Picken wir uns einen Vorfall heraus und denken ihn durch. Okay?"

Die beiden anderen stimmten ihm zu und sahen ihn auffordernd an. Komisch, der Zwerg wirkte gleich viel weniger mürrisch, wenn er an einem Rätsel zu knabbern hatte.

Dori lehnte sich ebenfalls zurück und schloss die Augen. „Nun, nehmen wir an die Vermutung stimmt und die Verbrechen breiteten sich aus, als Frau Schorli aus dem Verkehr gezogen wurde. Vielleicht hilft uns die Art der Materialien weiter. Haben wir Informationen darüber, was genau gestohlen wurde?" Sein fragender Blick richtete sich auf Brami, die eifrig nickte.

„Selbstverständlich kann ich weder für Richtigkeit, noch für Vollständigkeit garantieren, aber ich habe mir einige Dinge aufgeschrieben, die mir zu Ohren gekommen sind. Da waren: mehrere Quader Holzbalken, diverse Werkzeuge, drei Dutzend Fässer Lampenöl, Getreidesäcke, Kisten mit Trockenfleisch. Dazu kommen noch viele Kleinigkeiten wie einige Beutel mit Nägeln, Stroh, vereinzelte Waffen, Decken, Feuerstein und Zunder. Alles Mögliche." Sie blätterte ihren Notizblock durch und schaute nach, ob sie noch irgendetwas Wesentliches vergessen hatte.

„Denkt an die Kleidungsstücke, die überall verschwinden.", warf Thala ein.

Dori nickte zustimmend. „Okay, wenn ihr nur diese Informationen hättet, was würdet ihr denken?"

Brami zog die Stirn kraus. „Es sind alles Versorgungsgüter. Jemand der überhaupt nichts hat, deckt sich mit all dem ein, was er benötigt, um seine Bleibe herzurichten und sich zu ernähren."

„Genau!", bestätigte Dori. „Materialien die nach unserer These vorher Frau Schorli geliefert hat und die nach ihrer Gefangennahme ausblieben. Dieser Jemand sah sich gezwungen, seinen Bedarf durch Überfälle und Einbrüche zu decken."

„Aber warum?", fragte Thala irritiert.

„Wahrscheinlich weil er sich uns entweder nicht zeigen kann oder zeigen will.", kombinierte Brami.

Thala strich sich nachdenklich über das Kinn. „Schorli stand mit dem vermummten Herrscher in Verbindung. Was bedeutet, es ist ziemlich wahrscheinlich, dass sich so etwas wie ein verdeckt arbeitender Spion in der Stadt befindet."

„Mehrere! Zwei haben wir allein schon bei dem Überfall auf unseren Uhrenmacher gesehen. Und bei den Warenmengen die gestohlen wurden, sind es sicher noch einige mehr. Sie haben immerhin ein Lagerhaus in einer Nacht geleert. Und denkt an den Überfall auf die Karawane. Auch wenn sie schlecht bewacht war, machen das keine zwei Männer alleine.", führte Brami den Gedanken weiter.

Dori sprang auf. „Wir müssen unverzüglich den König informieren!"

„Und dann?", fragte Thala ungerührt. „Wir haben eine nette Theorie, aber keine Beweise. Genauso gut kann es ganz anders sein."

„Stimmt.", sagte Dori enttäuscht, setzte sich wieder und ließ den Kopf hängen.

„Lasst uns die Sache weiterspinnen. Wenn es wirklich so viele sind. Hm… sagen wir ein Dutzend. Wo verstecken sie sich? Sie können nicht mit gestohlener Karawanenware durch das Stadttor spazieren und die Tonleiter herab schlendern.

Außerdem, wenn die gestohlene Ware vorher ein ganzes Lagerhaus gefüllt hat, muss sie danach auch wieder irgendwo deponiert werden. Wo ist so viel Platz, ohne das jemand davon erfährt? Denkt nach Jungs.", feuerte Brami die Freunde an.

„Das Holz und das Lampenöl?" Dori redete mit sich selbst.

„Sie werden sich nicht direkt im Stadtgebiet aufhalten. Eine so große Gruppe würde auffallen, egal als was sie sich ausgeben. Allerdings sind sie auch nah genug an der Stadt, um aktuelle Informationen zu erhalten oder schnell zuzuschlagen wenn sich die Gelegenheit ergibt.", murmelte Thala.

„Beim Überfall auf Onda Kupferbieger flüchteten sie in Richtung offener Tafelberg. Was gibt es denn da so?", warf Brami ein.

Doris Kopf schnellte hoch. „Es gibt dort Bauernhöfe, Koppeln und Schober, Scheunen, einige Wachtürme und … Bergwerke! Kinder, das ist es! Wo verstecke ich einen Haufen Leute und jede Menge Diebesgut, brauche zudem Bauholz, Lampenöl und Werkzeuge? In einer MINE!" Der Zwerg sprang auf und tanzte vor Freude um den Tisch.

„Besaß Schorli überhaupt eine Mine?", fragte Brami zweifelnd.

„Keine Ahnung, wir werden es herausfinden."

„Gut, das wäre ein Punkt, den wir klären müssen. Ich sehe da aber noch ein weiteres Problem." Brami kreuzte die Arme und machte ein besorgtes Gesicht.

„Und das wäre?", erkundigte sich der Zwerg.

„Ich frage mich, wer den Unbekannten die Informationen besorgt." Das Mädchen blickte in zwei verwirrte Gesichter.

„Überlegt doch mal. Sie wissen welche Waren in welchen Betrieben und Lagerhäusern quasi auf dem Präsentierteller liegen. Sie wissen wer versucht gegen die Diebstähle und Einbrüche vorzugehen und lassen ihn dafür bezahlen, um andere davon abzuhalten mitzumachen. Sie sind verdammt gut informiert, dafür dass sie den Tag über in einem Bergwerk sitzen und die Nächte für ihre Straftaten nutzen."

„Ich verstehe, du willst darauf hinaus, dass sie einen Informanten in der Stadt haben." Brami nickte Dori zu.

„Genau das! Das bedeutet wir müssen extrem vorsichtig sein, wenn wir nicht ebenfalls Opfer dieser Bande werden wollen."
„Aber warum versorgt dieser Informant die Unbekannten dann nicht weiter?", fragte Thala.
„Wahrscheinlich weil er weder das Geld, noch die Kontakte hat, um ohne Aufsehen zu erregen größere Mengen an Waren zu beschaffen. Vielleicht ist er auch in der Position als Informant zu wichtig, um die Gefahr einzugehen, durch solche Versorgungsaktionen enttarnt zu werden. Ich bin mir ziemlich sicher, dass er sich an einer wichtigen Schnittstelle befinden muss. Wer erfährt schon gleichzeitig welche Karawanen losgehen, welche Händler gegen Verbrecher vorgehen wollen oder wo welche Mengen an Material eingelagert werden? Ich wüsste niemanden, außer vielleicht die Wache oder die Händlergilde.", grübelte Brami.
„Die Wache hat sicher Informationen über abgehende Karawanen, aber sie weiß bestimmt nicht was jeder Händler in seinen Lagern oder jeder Handwerker auf dem Hof stehen hat. Das geht dann doch ein wenig zu weit. Die Wache sehe ich als unwahrscheinlich an. Ich denke eher, dass unserem Informanten das Geschwätz der Leute weiterhilft. Sie sind alle in Aufruhr, jeder gibt Informationen weiter, um im Gegenzug Informationen zu erhalten, die der eigenen Sicherheit dienen. Wo wird viel geschwätzt? Auf dem Markt. In den Kneipen. Etwas in der Art. Denkt an meine Worte!", schloss Dori.

Thala schlug sich mit der flachen Hand gegen die Stirn. „Ich Idiot. Das hab ich ganz vergessen. NATÜRLICH hat Frau Schorli ein Bergwerk besessen. Baron Steinbeiss unterhielt sich mit meinem Vater über ein hartnäckiges Gerücht, dass Schorli vor einigen Jahren ein verlassenes Bergwerk im hinteren, unbebauten Teil des Tafelbergs erworben haben soll. Baron Steinbeiss meinte daraufhin, die Frau wäre so gierig gewesen, dass sie wahrscheinlich im Vorbeigehen Gold gerochen hatte und deshalb das Bergwerk unbedingt haben musste. Sie soll ein kleines Vermögen dafür hingeblättert haben. Dummerweise hat es sich wohl um ein aufgelassenes Eisenbergwerk gehandelt

und seitdem sie es erworben hat, sei dort nicht ein Hammerschlag mehr gefallen. Er hat sehr darüber gelacht. Trotzdem fand er es seltsam, dass eine knallharte Geschäftsfrau wie Schorli, ein solcher Patzer unterlaufen konnte."
„Wenn das tatsächlich stimmt, dann müssen wir nur noch herausfinden, wo es sich befindet.", verkündete Dori breit grinsend.

Kapitel 5: Die Fährte

Beim gemeinsamen Abendessen brachte Dori das Thema auf
Frau Schorli. Höflich und unauffällig erkundigte er sich nach
dem Verlauf der Verhöre und ob sich bereits Neuigkeiten
ergeben hätten. Deranim musste eingestehen, dass sie sich
zurzeit in einer Sackgasse befanden. Frau Schorli hatte sich,
was die neuen Verdächtigungen betraf, wenig kooperativ
gezeigt. Vorsichtig versuchte der junge Zwerg mehr über das
Wohnhaus und das Lagerhaus der Händlerin herauszufinden.
Doch der Vater wurde argwöhnisch. „Diese Pfade sind schon
lange ausgetreten, Sohn!", sagte Deranim abschließend und
griff beherzt nach einer weiteren Hähnchenkeule. Das Thema
war für ihn beendet. Dori nahm es hin und beschloss am
nächsten Tag mit den Freunden Damin, den Schmied
aufzusuchen. Vielleicht war dieser gesprächiger.

Gesagt, getan. Früh am Morgen brachen die drei Freunde auf
und begaben sich in das Stadtviertel der Handwerker und
Krämer. Sie passierten schmale Gassen mit Geschäften, Buden,
Werkstätten und Werkhöfen. Das Leben brummte in diesem
Teil der Stadt. Passanten bummelten durch die Straßen.
Laufburschen huschten aus den Läden, schwer bepackt mit
Kartons und Bündeln. Manch ein Meister lehnte im Rahmen
der Ladentür und hielt einen gemütlichen Schwatz mit Kunden
oder Nachbarn. Viele Arbeiten wurden im Freien ausgeführt
und unterlegten das Stimmengewirr mit Hammerschlägen, dem
Raspeln von Sägen oder einem gelegentlichen Fluch, wenn der
Hammer aus Versehen einen Daumen traf. Thalas Augen
glänzten vor Aufregung und konnten sich nicht satt sehen.

Am Ende einer solchen betriebsamen Gasse stand ein mit
Rosen berankets Haus. Eine breite Toreinfahrt führte auf einen
geräumigen Hinterhof. Links, im rechten Winkel zum
Wohnhaus schloss sich ein niedriger Küchentrakt an, aus dem
es verführerisch nach frisch gebrühtem Cappusch und

geröstetem Brot roch. Parallel zum Haus reihten sich eine zweigeschossige Scheune und eine Schmiede an einander.

Damin werkelte bereits eifrig vor seiner Scheune herum. Hingebungsvoll fluchend kletterte er auf einem beträchtlichen Haufen Altmetall herum, nach etwas suchend, was sich augenscheinlich mit böser Absicht seinen Blicken entzog. Als er die Jugendlichen entdeckte, kam er herüber, schüttelte Dori herzlich die ausgestreckte Hand. Neugierig betrachtete er Brami und Thala und begrüsste sie ebenfalls. „Wie komme ich zu der unverhofften Ehre eures Besuchs? Oder sucht ihr nach Mave? Sie ist noch nicht da."

„Nein Damin, wir wollen zu dir. Die Arbeit meines Vaters und Brumillas hat uns neugierig gemacht. Leider hat er keine Zeit, um sich ausführlich mit uns zu unterhalten. Ich weiß natürlich, dass du uns nichts Geheimes erzählen darfst! Wir dachten allerdings, wir könnten uns ein wenig …unterhalten. Ganz unverbindlich. Rein …informativ."

Er sah auf, versuchte die Reaktionen des älteren Zwergs zu lesen. In dem offenen Gesicht stand keine Ablehnung, lediglich eine amüsierte Neugierde. Dori atmete tief ein und fuhr fort. „Ich habe meinen beiden Freunden von der Geschichte mit KTjamin und Frau Schorli erzählt. Allerdings weiß ich selbst alles nur aus dritter Hand. Wir würden uns einfach gerne die Geschichte von jemandem anhören, der dabei war. Hier passiert doch sonst nichts Aufregendes. Kannst du uns helfen? Bitte!", bat Dori eindringlich.

Damin schmunzelte wissend. „Ihr seid einem eigenen Abenteuer auf der Spur, nicht wahr?"

Thala wirkte ein wenig verlegen, während Brami ganz unbeteiligt die Rosenrabatten betrachtete. „Ist schon gut!", sagte der Schmied und lachte laut. „Ihr müsst nichts verraten, aber versprecht mir vorsichtig zu sein." Die drei nickten eifrig.

„Dann kommt. Setzt euch zu mir." Damin ging zu der weiß getünchten Bank unter den Rabatiweinranken und setzte sich. Er bat Brami mit einer einladenden Handbewegung neben sich.

Dori und Thala setzten sich vor den beiden auf den Boden. Damin warf seinen langen, blonden, geflochtenen Bart über die Schulter, faltete die Hände auf dem beträchtlichen Bauch und begann zu erzählen.

Die drei verbrachten mindestens eine Stunde mit dem Schmied auf dem gemütlichen Innenhof, den zahlreiche Blumenkübel und kleine Obstbäume schmückten. Er erklärte ihnen genauestens, wie sein Sohn und dessen Freunde vor einigen Wochen der Frau Schorli auf die Schliche gekommen waren. Er nannte ihnen die Adresse ihres Wohnhauses und des ausgeraubten Lagers. Dies waren Informationen, die man mit ein wenig gutem Willen, an jeder Straßenecke hätte erfahren können. Doch genau diese Art der Aufmerksamkeit wollte er von den Jugendlichen fernhalten.

„Versteht das jetzt nicht falsch, was Schorli getan hat ist unverzeihlich. Ihre Handlungen richteten sich gegen unser aller Existenz. Aber darüber hinaus war sie eine exzellente, geradezu herausragende Händlerin. Hätte sie nicht die Spielchen mit den Wachen gespielt und sich dem vermummten Herrscher verdingt, sie wäre unverschämt reich geworden und ganz Vuswal mit ihr. Sie war brillant. Leider sind es häufig die brillanten Leute, die nach noch mehr Macht streben und so dem Bösen verfallen." Er seufzte tief und wirkte enttäuscht darüber, dass erwachsene Wesen sich sehenden Auges gegen die gesamte Gesellschaft wenden konnten.

„Brumilla hat mir einige Einzelheiten berichtet und nach dem kann das Urteil über ihr Handelsgeschick nur lauten: intelligent, intuitiv und mit dem richtigen Quäntchen Waghalsigkeit. Sie besaß mehrere eigene Lager und musste trotzdem noch Stauraum dazu mieten. Ihre Karawanen zogen mit Weizen beladen nach Miltum und kauften dort Kohle zu. In Dasia stießen sie ein Drittel der Waren ab und kauften weitere Lebensmittel ein. Dann ging es die Küste entlang zum Holzfällerlager Tala, um dort wieder ein Drittel zu verkaufen.

Der Rest der Güter ging hoch in den Norden nach Benim. Dort nahmen sie Fisch auf, den sie auf dem Heimweg im Holzfällerlager zum Teil gegen edle Hölzer tauschten. Beide Waren sind in Dasia und Miltum sehr begehrt und erzielten beachtliche Preise, so dass wieder Geld für neue Waren frei wurde, die sie dann, nach ihrer Rückkehr in Vuswal verkaufen konnten. Der Einsatz wurde auf einer einzigen Reise vervielfacht. Wann immer sich die Gelegenheit bot, kauften die Karawanenführer Luxuswaren ein: seltene Bücher in Benim, ausgefallene Schnitzarbeiten in Tala, exotische Früchte und Weine in Dasia oder edle Schmuckstücke in Miltum. Vieles bereicherte den Vuswaler Markt aber einige Stücke behielt Schorli zurück. Bei der Untersuchung ihres Kellers deckte man auf, dass sie für den Weitertransport an die Schergen des Herrschers bestimmt waren." Damin hielt nachdenklich inne.

„Ich habe mich die ganze Zeit gefragt, warum sie die Waren nicht einfach mit einer normalen Karawane in neutrales Gebiet schickte und einen Verkauf an einen Mittelsmann inszenierte, der die Waren dann ohne weitere Schwierigkeiten und Kontrollen zu diesem seltsamen Herrscher bringen konnte. Das wäre doch viel einfacher gewesen, es hätte Bestechungsgelder gespart und man hätte ihr niemals etwas nachweisen können. Warum so kompliziert? Warum kamen die Karawanen zurück nach Vuswal?", erkundigte sich Brami.

„Ach herrje, gebt Acht! Hier wächst die nächste Königin des Verbrechens heran!", der Schmied lachte auf und Bramis Wangen überzogen sich mit einem leichten, rötlichen Schimmer. „Keine schlechte Idee. Das Problem waren allerdings die Waffen, die chemischen Komponenten und einige andere Gegenstände, die klar auf den Empfänger hindeuteten. All diese Waren stammen aus Vuswal und müssen bei der Ein- und Ausfuhr genauestens deklariert werden. Sie hätten diese Fuhren also niemals offiziell durch die Stadttore bekommen, ohne der ganzen Stadt laut zuzurufen: ‚Ich beliefere den verhüllten Thron', was das Aus für sie bedeutet hätte." Brami nickte verstehend. „Wollt ihr mir jetzt vielleicht verraten, welchem neuen Geheimnis ihr auf der Spur seid? Hab ich mir nicht euer Vertrauen verdient, in dem ich euch das alles erzählt habe?", fragte Damin mit einem milden Lächeln auf den Zügen. „Ich werde auch nichts verraten, versprochen!"

Die drei tauschten abschätzende Blicke miteinander, dann gab sich Thala einen Ruck. „Wir glauben, dass die Überfälle der letzten Wochen unmittelbar mit der Verhaftung der Frau Schorli zusammenhängen. Wir glauben, dass sie eine bisher unbekannte Gruppe im Vuswaler Umfeld unterstützt hat und diese Gruppe nun gezwungen ist sich selbst zu versorgen. Unsere Theorie steht und ist schlüssig, aber wir haben keine Beweise, um sie den Behörden vorzulegen."

Der Schmied schnappte nach Luft. „Das ist ein großer Happen, den ihr mir da zu schlucken gebt. Bei allen zehn Göttern, seid vorsichtig bei allem was ihr sagt und tut. Viele Leute, die ihre Nasen in diese Angelegenheit gesteckt hatten, haben es im Nachhinein bitter bereut. Ausreden kann ich es euch nicht aber versprecht mir sofort zu mir zu kommen, wenn ihr auch nur die Duftmarke einer Gefahr wahrnehmt."

Dori hob beschwichtigend die Hände. „Uns sind diese Vergeltungsmaßnahmen bereits zu Ohren gekommen. Wir werden vorsichtig sein. Dies war schließlich der Grund, warum wir zu dir gekommen sind. Wir wollen nicht auf eigene Faust herum fragen und schlafende Hunde wecken. Wir schauen uns ein wenig um, das ist alles! Du hast unser Wort: sobald wir etwas Handfestes erfahren, werden wir es dir, Brumilla oder meinem Vater melden!"
Damin betrachtete sie skeptisch, nickte dann aber. Es war ihm anzusehen, dass er sich nicht wohl in seiner Haut fühlte.

Wenig später verließen sie den Schmied und machten sich auf den Weg zu Schorlis ehemaligem Anwesen. Damin hatte ihnen berichtet, dass König Senok nach Schorlis Festnahme das gesamte Gelände enteignet und es KTjamin und seinen Freunden überlassen hatte. Als diese, ihrer Mission folgend, in den Süden Synkanas aufbrachen, hatten sie es den Kuszoker Flüchtlingen zur Verfügung gestellt. Zurzeit wurde es hauptsächlich von Alten und Müttern mit kleinen Kindern bewohnt. Auch einige wenige Benimer hatten hier ein Heim gefunden. Nun, sie sollten zumindest einen Blick darauf werfen.

Sie verließen das Handwerksviertel in Richtung Osten. Das Bild der Straßen änderte sich. Die kleinen Geschäfte und Betriebe nahmen ab, die Anzahl der stattlichen Bürgerhäuser zu. In diesem vorwiegend von Menschen und Elfen bewohnten Stadtteil wurden die Gebäude größer, ausladender. Die Bebauung wirkte weniger gewachsen, als viel mehr konstruiert. In dieser Gegend lebten die Künstler, Diplomaten, Wissenschaftler, betuchten Bürger und Handelsreisende. Eine gediegene Mittelschicht, die es zwar noch nicht zu einem Anwesen in der Nähe der Oper gebracht hatte aber es sich durchaus gut gehen ließ.

Langsam spazierten sie an einem zweistöckigen Steingebäude mit hohen Fenstern und rotem Giebel vorüber. Sie ließen ihre Blicke wandern und sogen alle Details in sich auf. Stehen bleiben und anklopfen wollten sie nicht. Sie wollten keine unnötige Aufmerksamkeit auf sich lenken. Abgesehen davon lebten seit Wochen Fremde in diesem Haus. Sämtliche Spuren mussten mittlerweile beseitigt oder unbrauchbar geworden sein. Trotzdem vermittelte ihnen das Gebäude einen Eindruck von der Selbstverständlichkeit mit der Schorli große Geldsummen bewegt hatte. Die Händlerin wurde ein wenig fassbarer für sie.

Gegen Mittag erreichten sie den Stadtrand. Dort erhoben sich die metallverarbeitenden Betriebe, die großen Stallanlagen und die Lagerhäuser. Sie trafen auf einen fahrenden Händler, der seinen zweirädrigen Imbisswagen vor sich her schob. Der

Mann witterte ein gutes Geschäft und wollte vor Ort sein, wenn die Arbeiter und Angestellten zur Mittagspause aus den Gebäuden strömten. Die drei folgten ihm. Das war nicht weiter schwer, denn der Duft, der den abgedeckten Töpfen entströmte, lockte verführerisch. Brami lief das Wasser im Mund zusammen. Doris Magen grollte eine laute Zustimmung.

Die drei Freunde bestellten sich bei dem zotteligen, alten Elfen jeweils eine Schale mit Knollen und gekochtem Kohl. Der Mann verfeinerte das Ganze noch mit einer Kelle brauner Soße aus einem zweiten Topf und reichte ihnen die Schalen aus getrockneten Bananenblättern. Gemeinsam mit den Arbeitern setzen sie sich unter die schattenspendenden Zweige einer gewaltigen Goldlinde, die die Mitte des kleinen Platzes einnahm. Während sie auf das dampfende Essen pusteten, betrachteten sie neugierig das muntere Treiben um sie herum. Schmiedegesellen, Lageristen, Stauer und Stallburschen fanden sich zur Mittagspause ein. Bürokräfte, Maschinisten und Händler gesellten sich hinzu.

Die lange Holzbank, die den gesamten Baum umfasste, war dicht besetzt. Links neben ihnen hatten eine Zwergin und eine Menschenfrau Platz genommen. Die beiden arbeiteten wohl in unterschiedlichen Betrieben und hatten sich lange nicht mehr gesehen. Munter erzählten sie sich gegenseitig die neuesten Klatschgeschichten. Die Freunde lauschten ungeniert und löffelten genüsslich die Mahlzeit in sich hinein. Vieles war den dreien bereits bekannt. Sie konnten die Angst förmlich spüren, die die Bevölkerung von Vuswal im Klammergriff hielt. Die beiden Frauen diskutierten die möglichen Ursachen für die verzwickte Lage in der Stadt und wieder traf der Verdacht die Flüchtlinge. Allerdings gab die Zwergin zu bedenken, dass eigentlich nur Vuswaler Bürger in den Skandal um Schorli verwickelt gewesen waren.

Interessant wurde es, als sich das Gespräch auf das ausgeraubte Lagerhaus ausdehnte. Die Menschenfrau, Orgen, senkte die

Stimme und deutete auf ein schmuckes Giebelhaus, das in einer der Seitenstraßen aufragte. Aufgeregt berichtete sie über die Ereignisse, die sie in besagter Nacht beobachtet haben wollte. Orgen arbeitete als Pumpenwärterin im Kesselhaus eines kleinen Walzwerks. In eben jener Nacht war sie vor der Hitze im Gebäude ins Freie geflüchtet, um frische Luft zu schnappen. Sie hatte beobachtet, dass beim Lagerhaus der Frau Schorli große Aktivität herrschte. Das war für sich genommen nichts Ungewöhnliches, da dort tags wie auch nachts Waren ein- und ausgelagert wurden. Karawanen scherten sich in der Regel nicht um den Glockenschlag des Tholmag Tempels. Es wunderte sie jedoch, dass weder Lasttiere noch Karren zu sehen waren. Lediglich ein ganzes Rudel seltsam gekleideter Gestalten war emsig dabei Waren durch einen Seitengang fortzuschaffen. Auch die Richtung der Träger stimmte sie argwöhnisch, denn sie schleppten alles zu einem nahen Hain im unbebauten Teil des Tafelbergs. Sie hatte sich nichts dabei gedacht, Frau Schorli war für unorthodoxe Methoden bekannt. Vielleicht wollte sie einfach nur die Steuer umgehen. Doch dann wurde am nächsten Tag der Raub der Waren bekannt gegeben und Orgen bekam es mit der Angst zu tun.

Das Gespräch war immer mehr zu einem Flüstern geworden. Die drei mussten sich anstrengen, um der Erzählung folgen zu können.
„Das musst du der Wache melden!", forderte die Zwergin energisch.
Hektisch winkte Orgen ab und gab einen zischenden Laut von sich, damit die Freundin leiser sprach. „Chree, bist du wahnsinnig? Ich habe zwei unmündige Kinder zu Hause. Ich will nicht, dass ihnen etwas zustößt. So lange die Bande nicht hinter Gittern ist, sage ich kein Sterbenswort! Es wurde doch niemandem geschadet. Die Händler haben Geld wie Heu und Schorli sitzt hinter Gittern. Wem nützt es denn?" Orgen sah sich hektisch um, ob auch niemand zu hörte. Sie bereute es sichtlich die Geschichte preisgegeben zu haben. Ihre Hände verkrampften sich in den Falten ihres gelben Baumwollrocks.

Brami begann unauffällig ein Gespräch mit Dori, damit sie nicht in Verdacht gerieten gelauscht zu haben. Doch der Aufwand lohnte sich kaum. Nur wenige Augenblicke später erhoben sich die beiden Frauen und eilten an ihre Arbeitsplätze zurück. Endlich brach die Erleichterung aus den Freunden heraus. Sie hatten eine Spur! Breit grinsend überquerten sie den Platz und schlenderten die Seitenstraße hinab. Das gesuchte Giebelhaus war das vierte auf der rechten Seite.

Das Lagerhaus hatte bereits einen neuen Mieter. Die Geschäfte ruhten nie in Vuswal. Eifrige Stauer entluden Karren. Der Kontorist aktualisierte seine Bücher an Hand der an ihm vorbei getragenen Waren. Interessierte Kunden standen ein wenig abseits und betrachteten die neu eintreffenden Güter.

Die drei gesellten sich der Menge hinzu. Ihre Hochstimmung verflog. Hier würden sie garantiert keine Spuren für ein Wochen zurückliegendes Verbrechen finden. Mehr um etwas zu tun, als im festen Glauben an Erfolg, begaben sie sich zu dem Seiteneingang, den Orgen erwähnt hatte. Auf diesem Weg waren die geraubten Waren angeblich fortgeschafft worden. Der Boden wimmelte von Fuß- und Schleifspuren, wo man schwere Kisten verschoben hatte. Dori fluchte hingebungsvoll. Wieder eine Sackgasse.

Da kam Thala eine Idee. „Hat diese Frau nicht von einem Hain gesprochen, zu dem die Täter die Ware geschleppt haben sollen?", fragte er die beiden Freunde.
Brami schlug sich mit der flachen Hand an die Stirn. „Aber natürlich! Los, um das Lagerhaus herum."
Sie lief los, die Jungs hinterher.

Hinter dem dreigeschossigen Fachwerkhaus endete der städtische Teil des Tafelberges. Äcker und Wiesen schlossen sich wie ein enganliegender Gürtel um die dicht bebauten Straßen. Dahinter erstreckten sich Wälder so weit das Auge reichte. Wie geschaffen um gelegentlich Waren unbemerkt fortschaffen zu können.

Wie ein kleiner Vorposten des Waldes, ragte in etwa zweihundert Meter Entfernung ein schmucker Blaubirkenhain empor. Dicht gedrängt standen die eleganten Bäume und streckten ihr feingliedriges, blau geädertes Laub der Sonne entgegen. Der Waldboden war mit Farn und Ginster bewachsen. Das Gesträuch verdeckte den Boden und nahm die Sicht auf den unteren Teil der schlanken weißen Stämme. Aus der Entfernung war es unmöglich zu sagen, wer oder was sich zwischen ihnen befand.

Ihr Weg führte Dori, Brami und Thala über einen frisch bestellten Acker. Sicherlich hätte es ihnen den Unmut des Landwirts eingebracht, wenn er sie erwischt hätte. Doch ihre Hauptsorge lag darin, dass durch die frisch aufgeworfene Erde erneut alle vermeindlichen Spuren unkenntlich gemacht worden waren. Ihnen blieb einfach nichts anderes übrig, als direkt auf die Baumgruppe zuzulaufen und das Beste zu hoffen.

Vor dem belaubten Hindernis ließ der Zwerg sie anhalten. Akribisch bog er den Farn auseinander und betrachtete den Boden darunter. Brami und Thala schmunzelten über den Eifer, den der Zwerg an den Tag legte. Seine Beharrlichkeit zahlte sich aus. Unter einem besonders buschigen Modell der Marke Ginster, fand er wonach er suchte.

Er richtete sich auf. Über sein ansonsten griesgrämiges Gesicht breitete sich ein breites, zufriedenes Grinsen aus. Dori öffnete den Mund, aber seine Gesichtszüge entglitten ihm. Das Grinsen verschwand, machte purem Entsetzen Platz.
„Oh Mist!", entfuhr es ihm heiser. Eine Äußerung, welche fragende Blicke in die Gesichter seiner Freunde zauberte.
„Was ist los?", erkundigte sich Brami verwirrt. „Was hast du?"
„Ich habe da etwas sehr Wichtiges vergessen. Ich wollte es euch gleich nach dem Überfall auf den Uhrmacher erzählt

haben. Aber dann ist so viel passiert, dass ich es komplett verdrängt habe.", gab der Zwerg ungewohnt kleinlaut zu.

„Nun erzähl schon. Was war denn so wichtig?", drängte Thala neugierig.

„Kommt und seht selbst.", forderte Dori die beiden auf. Der Zwerg trat einen Schritt zur Seite. Thala und Brami blickten erwartungsvoll auf zahlreiche Stiefelspuren hinab. Okay, hier war viel Volk unterwegs gewesen, aber niemand würde sagen können wer, wann und aus welchem Grund. Die Stiefelsohlen trugen schließlich keine Initialen des Trägers oder weitschweifende Angaben über Grund und Zeit ihrer Anwesenheit.

„Toll!", meinte der Elf zynisch. „Abdrücke von Stiefeln. Faszinierend!"

Dori sah den Elf an, als wäre dieser direkt vor seinen Augen dem Irrsinn verfallen. „Wie?", fragte er irritiert und besah sich erneut den Boden, um herauszufinden, was Thala meinte. „Ach so, nein. Die Stiefelabdrücke meine ich nicht, sondern die Spuren dazwischen. Seht, sie überlagern sich teilweise, aber manche sind ganz klar." Er deutete gezielt auf einen wirklich seltsam anmutenden Abdruck. Thala beugte sich erneut vor und runzelte verwundert die Stirn. Die Ferse, wenn man von einer solchen Vermenschlichung Gebrauch machen durfte, sah aus wie ein zum Kreis geformter Hufabdruck und war innen hohl. Er hatte sich unter dem Gewicht seines Besitzers tief in den Waldboden gedrückt. Davor, in einer Entfernung, bei dem sich bei einem humanioden Wesen die Zehen befinden würden, entdeckten die Freunde drei tiefe Einkerbungen, ähnlich der Abdrücke von Bärenkrallen. Allerdings waren sie kleiner als beim Bären und eher rechteckig geformt. Eine einzelne, identische Kerbe befand sich auf der entgegengesetzten Seite, also noch hinter der Ferse und gab dem Ganzen ein kurioses Äußeres.

„Ist das wirklich die Spur eines Lebewesens? Wer oder was hinterlässt solche Abdrücke?" Thala starrte auf den Boden und raufte sich gedankenverloren das schwarze Haar.

„Kein Wesen das ich kenne.", entgegnete Brami ratlos. „Aber ich verstehe immer noch nicht ganz, was du vergessen hast uns nach dem Überfall zu erzählen, Dori."

Der Zwerg schüttelte verlegen den Kopf. „Als ich den Pfad und den angrenzenden Wald untersuchte, konnte ich außer einzelnen Stiefelspuren keine weiteren Abdrücke ausfindig machen. Die beiden Schufte schienen ja immer in der Spur des anderen gelaufen zu sein. Erst als ich die Stelle untersuchte, an der die beiden ins Unterholz geflohen sind, entdeckte ich einen identischen Abdruck wie diesen hier. Ich konnte ihn mir nicht erklären. Ich dachte nicht, dass es sich um Spuren eines lebendigen Wesens handeln könnte. Doch dann entdeckte ich weitere Spuren dieser Art und da war es offensichtlich. Dies war es, was sie verbergen wollten. Deshalb stehlen sie Stiefel! Ihre Fußabdrücke verraten sie. Und ich Steinnase habe total vergessen es euch zu sagen." Doris rechter Stiefel kratzte verlegen an einer Erdkrume. „In Onda Kupferbieger kehrte plötzlich das Leben zurück, dann der Empfang und schließlich Kaven mit seinen Hohläxten, die er Freunde nennt. Fort war der Gedanke!"

Dori wirkte so zerknirscht, dass Brami ihm tröstend auf die Schulter klopfte. „Es ist dir ja wieder eingefallen! Die Frage ist allerdings: Wer oder was sind SIE? Solche Spuren sind mir noch nicht untergekommen und ich habe wahrlich schon viele Ecken Maldorons aus der Nähe gesehen."

Thalas ratloses Schulterzucken sprach Bände.

„Nun, dann sollten wir es herausfinden!", seufzte das Mädchen und gemeinsam untersuchten sie den Hain nach weiteren Hinweisen ab. Der Elf erwies sich als der Geschickteste von ihnen, nun da ihm die Form der Beweismittel einmal bekannt war. Bald war es erwiesen, die Unbekannten hatten die Waren des Lagerhauses im Hain zwischengelagert, vereinzelte Reste von Kisten sowie ein gerissener Sack Getreide wiesen deutlich darauf hin. Anschließend hatten sie ihre Beute in aller Ruhe abtransportiert. Die frischesten Spuren zwischen den Bäumen waren erst wenige Tage alt, was bedeutete, dass niemand ihre Unternehmung nennenswert gestört haben konnte.

Die drei kamen an der Stelle zwischen den Baumreihen zusammen, an der die Spuren hinaus ins offene Gelände führten. Ihre Blicke wanderten über die angrenzenden Äcker und Koppeln, bis zum entfernten Waldrand. Die Auswahl an Fluchtmöglichkeiten war groß.
„Wie wollen wir weiter vorgehen?", fragte Brami die Jungs.
„Einfach hinterher stolpern?"
Thala rieb sich das unbehaarte Kinn. Dori zog nervös an einem seiner Zöpfe, der unter seinem Helm hervor schaute. „Bei dem Gedanken wäre mir nicht sehr wohl!", gab er mit einigem Zögern zu.
„Was haltet ihr davon: Ich habe ein kleines Zelt, welches wir damals während unseren Karawanenreisen genutzt haben. Aus Nostalgiegründen schleppe ich es immer mit mir herum, aber nun könnte es tatsächlich einmal nützlich sein.
„Eine glänzende Idee, Brami!" Dori hüpfte aufgeregt auf und ab. „Wir geben den Eltern Bescheid, dass wir einen kleinen Ausflug auf das Hochplateau unternehmen, besorgen uns Proviant und Decken und gleich Morgen früh geht es los."

Kapitel 06: Die Jagd

Mit prall gefüllten Rucksäcken machten sie sich am nächsten Morgen auf den Weg. Ihre Jagd hatte begonnen. Im Hain inmitten des gepflügten Ackers nahmen sie die Fährte auf. Es dauerte eine ganze Weile, bis sie die verdächtigen Spuren jenseits der bearbeiteten Fläche wiederfanden. Kaum hatten sie sie gefunden, gab es kein Halten mehr. Sie folgten ihr über eine umzäunte Wiese mit Cebiven und quer durch einen Pfuhl mit Hamtorschweinen, die ihnen irritierte Blicke zuwarfen. Nach einer Koppel mit Ponies kreuzten sie einen der Pfade, den die Bauern zu nutzen pflegten und folgten der Spur über einige weitere Felder hinweg, bis endlich der Waldrand vor ihnen aufragte. Zwischen Blaubirken, Vogelweiden und Steineichen hindurch bahnten sie sich ihren Weg. Zunehmend wurde der Waldboden steiniger. Sie hatten immer mehr Mühe den Spuren zu folgen, bis sich gegen Mittag die Fährte ganz verlor.

Sie beratschlagten sich, gingen ein Stück des Weges zurück. Aber obwohl sie eine ganze Stunde den mit Nadeln, Laub und Kieseln bedeckten Humus inspizierten, gelang es ihnen nicht den weiteren Verlauf der Fußspuren zu erfassen. Immer wieder kehrten sie zum letzten bekannten Abdruck zurück. Die Kreise ihrer Suche immer größer ziehend.

Im Norden, an der Flanke des Tafelberges stießen sie ganz überraschend auf einen steinernen Wachturm. Ein älterer Zwerg mit langem, grauem Bart saß vor der Tür und putzte seine Rüstung. Oben auf der überdachten Plattform standen zwei weitere, jüngere Zwerge und blickten nach Norden und Osten.
„Heda!", rief der Alte die Freunde an und sprang auf seine dünnen Beine. „Was treibt ihr hier draußen?"
„Wir erkunden nur ein wenig die Gegend.", antwortete Dori.
„Hier gibt es nichts zu erkunden!", rief der Wachmann mit dem schwarzen Bart von oben hinab.
„Außer uns, einige Scheunen, wenige Bergwerke und

besonders vielen Bäumen.", lachte der zweite Zwerg so sehr, dass sein roter Schnurrbart wackelte. Er lehnte sich weit über die Brüstung, um besser hinunter spähen zu können. „Genau, bleibt ein wenig und leistet uns Gesellschaft. Es ist so langweilig hier draußen."

Die jüngeren Zwerge freuten sich sichtlich über die Ablenkung und unterhielten sich lebhaft mit den Jugendlichen. Der Ältere hingegen schaute immer garstiger drein, als gingen ihm die Scherze und Geschichten der jungen Leute zunehmend auf die Nerven. Nun, vielleicht war dem auch so, denn nach einer Viertelstunde des Geplänkels und Kicherns, meinte er, dass genug Neuigkeiten ausgetauscht worden seien und scheuchte das junge Volk auseinander. Die einen zurück auf den Turm, die anderen zurück in den Wald.
„Wir werden noch von Trollen überrannt, während ihr Nichtsnutze hier herum steht und ein Schwätzchen haltet. Hinauf mit euch und sperrt die Augen auf, damit euch kein Troll entgeht. Sie sind immerhin leicht zu übersehen.", keifte er laut. An die Freunde gerichtet war er wenig liebevoller. „Macht, dass ihr fort kommt. Wir verrichten hier ernste Arbeit, da stören eure neugierigen Nasen nur. Macht euch zurück in die Stadt! Und bleibt dort!"

Fluchtartig zogen sich die Freunde zurück. Nach wenigen Dutzend Schritten schloss sich der Wald hinter ihnen und der Wachturm entzog sich ihrer Sicht. „Puh, der war aber ganz schön streng. Wenn der immer so ist, dann haben die beiden Jungs auf ihrer Schicht nicht viel zu lachen.", meinte Thala ein wenig enttäuscht. „Wenn er beiden noch ein wenig länger hätte reden lassen, hätten wir vielleicht etwas über unser Bergwerk erfahren."
„Das habe ich mir auch gedacht. Ich wollte nur nicht direkt danach fragen. Na ja, es hat nicht sollen sein." Dori zuckte mit den Schultern. „Also auf die harte Tour. Suchen wir das vermaledeite Ding."
„Wir werden es schon finden. Es muss ja hier in der Nähe

sein.", meinte Brami. „Es wird langsam spät. Was haltet ihr davon, dass wir uns einen Lagerplatz suchen, alles aufbauen und dann noch ein wenig die Gegend erkunden?"
Ihr Vorschlag fand Anklang.

Sie machten es sich unter einigen Wolkenbergtannen bequem, deren Nadelteppich eine hervorragende Polsterung für ihr Zelt abgab und sie zudem mit ihrem dichten Nadelkleid schützten. Einen kleinen Bereich befreiten sie von allem Brennbaren und umgrenzten ihn mit herumliegenden Steinen. Hier machten sich Bramis zahlreiche Reisen mit den Karawanen ihrer Eltern bezahlt. Schnell gingen ihr die Arbeiten für den Aufbau des Lagers von der Hand, wo die Jungen, alle beide Stadtkinder, nur staunend zusehen konnten. Allerdings waren sie hervorragend für die Suche nach Brennholz geeignet. Äste und Zweige fanden sich in ausreichender Menge. Dori und Thala schafften sie Bündelweise heran und bald stand einem gemütlichen Lagerfeuer nichts mehr im Wege.

Während Brami das Feuer im Auge behielt und darauf achtete, dass das sich am Spieß drehende Brathähnchen nicht verbrannte, begaben sich die beiden Jungen auf einen Erkundungsgang. Ihr Weg führte sie zunächst nach Norden, Richtung Wachturm, dann schwenkten sie nach Osten ab, wo das Dickicht jedoch immer undurchdringlicher wurde. Sie hielten es für unwahrscheinlich, dass sich hier vor einigen Jahren noch Zwerge durch das Unterholz geschlagen hatten und gingen nach Süden. Hier schien ihnen die Wahrscheinlichkeit auf die Mine zu stoßen am größten.

Ihr Instinkt hatte sie nicht getäuscht, nach einigen Minuten erreichten sie einen langsam zuwuchernden Pfad, auf dem jedoch einst reger Verkehr geherrscht haben musste. Noch immer zierten tiefe Karrenspuren den Untergrund, auch wenn sich Gräser und Kräuter, ja in einem Fall sogar eine junge Blaubirke, an die Renaturierung gewagt hatten. In besonders tiefen Fahrspuren bildeten sich bereits kleine Biotope, denen

Dori und Thala tunlichst auszuweichen suchten. Einige Frösche und Kröten hatten sich der Tümpel bemächtigt und veranstalteten beim Nahen der Jungen ein lautstarkes Protestkonzert.

Nach einigen Windungen erreichten sie die Flanke eines Hügels, der vielleicht sogar als „der Gipfel" des gesamten, ansonsten annähernd ebenen Tafelbergs gewertet werden konnte. Der Weg führte um den Hügel herum, passierte einen mit Kies aufgeschütteten Vorplatz und führte dann in nordöstlicher Richtung weiter, wo er im Unterholz außer Sicht geriet. Auch auf dem Vorplatz hatte die Vegetation bereits zugeschlagen, Gras und wilder Weizen wucherten zwischen den Schienen und Bohlen einer kleinen Grubenbahn. Eine entgleiste Lore lang einige Meter entfernt auf der Seite, fast völlig von Moos und Farn bedeckt. Der einstige Abraumhügel war ganz unter jungen Bäumen, Löwenmäulchen und Ginster verschwunden und hob sich nur durch seine regelmäßige Form von der restlichen Landschaft ab. Die Jungen traten näher und starrten in das schwarze Loch hinein, dass waagerecht in den Hügel führte. Außer einigen hölzernen Stützbalken konnten sie jedoch nicht wirklich etwas Interessantes ausmachen. Ein rostiges Absperrgitter hing, an nur noch einem windschiefen Scharnier befestigt und arg verbogen, vor dem Einlass.
„Ich hoffe dieses Gitter gibt nicht den Zustand der gesamten Mine wieder, sonst wird das hier eine lebensgefährliche Unternehmung.", gab Thala zu bedenken.
„Wir wissen ja noch nicht einmal, ob dies wirklich die Mine ist, die wir suchen. Es könnte mehrere aufgelassene Bergwerke geben. Wir Zwerge graben schon recht lange im Tafelberg.", meinte Dori ebenfalls skeptisch.
„Was das angeht, kann ich dich beruhigen. Es ist die richtige." Der Elf deutete auf ein relativ neues, abseits stehendes Schild, welches in großen Lettern verkündete: ‚Eigentum der Händlerin Schorli. ZUTRITT VERBOTEN'
„Nun, DAS wäre geklärt.", bestätigte der Zwerg mit wenig Begeisterung.

„Willst du einen Blick hinein werfen?", erkundigte sich Thala, dem das Unbehagen im Gesicht geschrieben stand.

Der Zwerg schüttelte heftig den Kopf. „Nein! Lass uns einen Blick auf die Umgebung werfen und nach diesen seltsamen Spuren suchen. Danach kehren wir zu Brami zurück. Ich ziehe ein köstliches Grillhähnchen einer Minenbesichtigung am Abend vor."

Sie drehten den untersten Stein nach oben, doch sie fanden um den Stollen herum keine einzige Spur. Der Hügel war zu felsig und bot keine gute Oberfläche, um Fährten zu lesen. Nach einer knappen Stunde kehrten sie unverrichteter Dinge zu Brami zurück, die ihrem wenig begeisterten Bericht mit ernstem Blick lauschte.

Während des gemeinsamen Abendessens grübelten die drei vor sich hin, ein wenig enttäuscht, dass sie ihre Theorie nicht hatten bestätigen können. Sie hatten sich von der Entdeckung der Mine mehr versprochen. „Nun, es wäre wohl zuviel erwartet gewesen, die Antworten auf unsere Fragen auf einen Silbertablett serviert zu bekommen.", sinnierte Brami.

Nach dem Essen setzte leichter Nieselregen ein. Die Freunde löschten das Feuer und zogen sich in ihr Zelt zurück. Nach den Anstrengungen des Tages kam der Schlaf schnell, noch bevor die Sonne gänzlich untergegangen war.

Mitten in der Nacht wurden sie von Geräuschen in der Nähe des Zeltes geweckt. Alle schreckten aus dem Schlaf, außer Dori, der noch einen kleinen Moment weiter schnarchte. Brami verpasste ihm einen gehörigen Knuff in die Rippen, bevor er Ruhe gab. Sie lauschten in die Dunkelheit des Zeltes hinein und versuchten herauszufinden, was draußen vor sich ging. Der Regen schien aufgehört zu haben, zumindest tröpfelte es nicht mehr auf die wasserdichte Plane ihrer Behausung.

Irgendetwas streifte in der Nähe des Zeltes herum und war dabei nicht sonderlich zimperlich. Sie hörten Zweige brechen. Kräftige Schritte auf Kieseln. War das einer oder waren es mehrere da draußen? Ihre Hände suchten sich in der Dunkelheit, versuchten einander Mut zu machen. Irgendetwas Hartes fiel zu Boden und wurde mit einigem Lärm wieder aufgehoben. Etwas zischte laut und böse. Ein zweites Zischen antwortete. Weiteres knirschen. Dann war alles still.

Die Freunde ließen einige Minuten verstreichen, dann flüsterte das Mädchen: „Also Tiere waren das nicht!"
Dori kroch zum Zelteingang, öffnete einige Laschen der Plane und spähte hinaus. Der Trabant über ihnen schien immer noch hell durch die Wolken und tauchte die kleine Lichtung vor ihnen in gespenstisch blaues Licht. Dem Zwerg lief es kalt den Rücken herunter. Er konnte jedoch nichts Außergewöhnliches ausmachen und zog den Kopf schnell ins Innere zurück.
„Leute, ich bin so was von froh, dass wir das Zelt direkt unter die Äste der Tannen aufgebaut haben. Wer auch immer das war, er scheint uns nicht entdeckt zu haben und das erleichtert mich sehr."
„Jetzt wo sie weg sind, wollen wir rausgehen und nachsehen?", fragte Thala.
„Und wie willst du mitten in der Nacht etwas sehen, ohne die Spuren zu zertrampeln, die wir eigentlich finden wollen? Der Mond ist hell, aber Details findest du bei dem Licht keine.", murrte der Zwerg.
„In dem ich ein Licht anzünde, du Steinnase.", gab Thala zurück.
„Und wo zauberst du jetzt ein Licht her, du Baumknutscher?", selbstgefällig kreuzte der Zwerg die Arme vor der breiten Brust.
Thalas Augenbraue hob sich geringschätzig. „In dem ich DIESES Streichholz", er hob die rechte Hand, in der er ein Streichholz hielt, „anreiße und DIESE Grubenlampe entzünde." Er hob die linke Hand mit der er die Grubenlampe aus dem Pavillon umfasste.
Dori richtete sich auf und wollte zu einer boshaften Antwort ansetzen, doch Brami drückte beiden Jungs jeweils eine Hand auf den Mund und hauchte: „Pst!"

Die beiden erstarrten und lauschten. Schon wieder knackte Unterholz. Schritte näherten sich und verharrten plötzlich. „Wer da?", rief eine brüchige Stimme, die den dreien seltsam bekannt vorkam. Nun lief es jedem von ihnen eiskalt den Rücken herunter. Sie waren entdeckt worden! Ein Dutzend Ausreden schossen Brami durch den Kopf, während Dori seine Nackenmuskulatur lockerte, falls es zum Kampf kommen sollte. Thala hingegen saß einfach nur mit geschlossenen Augen da und lauschte. Nach einer Weile begann er zu lächeln. Dori und Brami dachten einen Moment lang er habe den Verstand verloren, aber dann hörten sie es auch.

Weitere Schritte näherten sich und ein zweite Stimme antwortete: „Ich bin es, Lanier. Bist du es Quint?"
Quint antwortete mit einem asthmatischen Grunzen. „Ich habe gehofft dich heute zu treffen. Ich kann nicht lange bleiben. Die Jungs werden misstrauisch, wenn ich länger als eine Pfeifenlänge fortbleibe. Kommst du oder gehst du?"
„Ich bin auf dem Rückweg. Muss vor dem Morgengrauen wieder im grünen Flöz sein. Es kommen Warenlieferungen für die Kneipe an und der Chef mag es gar nicht, wenn ich zu spät komme. Warum fragst du?", erkundigte sich Lanier.
Quint ächzte und rieb sich die steifen Glieder. „Es treiben sich einige Rotzlöffel aus der Stadt in der Gegend herum. Sie schienen recht neugierig zu sein, auch wenn ich nicht herausfinden konnte, wonach sie suchten. Du solltest IHNEN Bescheid geben, bevor sie den Kindern über den Weg laufen. Das Letzte was wir jetzt gebrauchen können ist noch mehr Aufmerksamkeit!"
Lanier war wütend über diese lästige Störung, brachte es doch seinen Zeitplan durcheinander. Seine Stimme hob sich. „Waren es Kaven und seine Jungs? Ich dachte, ich hätte ihnen genug Angst gemacht, dass sie sich nicht mehr aus der Stadt trauen."
„Nein, niemand den ich kenne. Keine Ahnung wer sie waren. Gib ihnen einfach Bescheid!" Damit war die Angelegenheit für Quint erledigt und er wandte sich zum Gehen.
Lanier zeigte sich wenig begeistert von seinem neuen Auftrag,

grummelnd und gegen Steine tretend machte er auf dem Absatz kehrt.

Im Zelt erfolgte ein kollektives Ausatmen. „Wollen wir Lanier folgen?", fragte Brami zögernd. Die Jungen schüttelten mit dem Kopf.
„Wir haben unsere Schuldigkeit getan. Dieses Gespräch hat gezeigt, dass sich noch weitere Verschwörer in der Stadt befinden. Morgen kehren wir in die Stadt zurück und berichten Brumilla, was wir herausgefunden haben. Dies und unsere Theorie werden hoffentlich ausreichen, um eine Patrouille loszuschicken und nach dem Rechten zu sehen.", entschied Dori weise.
„Trotzdem sollte abwechselnd einer von uns wach bleiben und Wache halten. Hier herrscht heute Nacht ein größerer Durchgangsverkehr als auf der Hauptverkehrsader von Maknova. Wir werden eine Warnung benötigen, falls sich noch weitere ,Gäste' nähern.", schlug Thala vor.

Trotz ihrer Besorgnis blieben sie in dieser Nacht von weiteren Besuchern verschont. Keine Schritte, keine unheimlichen Geräusche. Alles blieb ruhig. In den frühen Morgenstunden begann es erneut zu regnen. Immer heftiger tropfte es auf die Plane und das, obwohl ihnen mehrere dichte Tannen Schutz boten. Bald trommelte das Wasser so laut auf das Zeltdach, dass Brami und Dori davon erwachten.
„Was ist los?", erkundigte sich der Zwerg verschlafen, aber gefasst auf eine neue, böse Überraschung.
„Nur der Regen!", beruhigte ihn Thala, der mit der Wache an der Reihe war. „Aber wir sollten so schnell wie möglich aufbrechen. Wir haben unser Glück lange genug strapaziert. Die Dunkelheit wird uns nicht mehr lange schützen und unsere nächsten Besucher werden uns vielleicht nicht mehr übersehen."
„Du hast recht, sobald der Regen ein wenig nachlässt, brechen wir das Zelt ab und machen uns davon. Pakt schon mal alles andere zusammen, damit es schnell geht.", riet Brami.

Die Rucksäcke waren binnen Minuten geschnürt, trotzdem mussten sie fast eine weitere Stunde warten, bis der Regen soweit nachließ, dass sie sich hinauswagen konnten. Es umgab sie immer noch eine ungewohnte Dunkelheit, weder Mond noch Sonne wollten sich zeigen. Es herrschte eine düstere Atmosphäre des Zwielichts, welche sie schaudern ließ. Der Himmel war schwarz, aber hatte an manchen Stellen giftgrüne Wirbel. Wie wenn man Sahne in die Suppe rührte, tauchten diese Stellen auf, leuteten irgendwie metallisch und versanken wieder in der Düsternis. Brami wusste es nicht besser zu erklären, nur das ihr dieser seltsame Himmel Angst machte.

Sie stopften das nasse Zelt in den dafür vorgesehenen Beutel, schulterten ihr Gepäck und machten sich auf den Weg in die Stadt. Ihr Blick richtete sich unwillkürlich immer wieder gen Himmel. Die Sonne hätte mittlerweile aufgehen müssen. Zumindest aber hätte ihre Silhouette hinter den Wolken erscheinen müssen. Aber die Helligkeit wollte nicht über die ersten Spuren von Dämmerung hinaus zunehmen.
„Haben wir uns so in der Zeit verschätzt?", erkundigte sich Thala besorgt.
Dori schüttelte stumm den Kopf und blickte unsicher in die Höhe. Brami folgte seinem Blick. „Es ist mindestens die sechste Stunde vorbei, da bin ich mir sicher!"
„Und wie erklärst du dir diese Düsternis?", fragte der Elf.
„Es müssen die Regenwolken sein. Vielleicht sind sie so dicht, dass kein Licht sie durchdringt.", spekulierte Brami. „Wir sollten uns beeilen, damit wir in Sicherheit kommen. Das Ganze gefällt mir nicht."

Mühsam suchten sie sich ihren Weg durch Matsch und Schlamm. Der Regen setzte wieder ein und binnen Sekunden waren sie bis auf die Knochen durchnässt. Es tropfte so heftig hernieder, dass sie keine zwei Meter weit sehen konnten. Mit eingezogenen Köpfen marschierten sie weiter. Die Zeit zog sich wie Sirup. Am Himmel zeigte sich keine Veränderung.

Brami blieb stehen und strich sich das klatschnasse Haar aus dem Gesicht. Argwöhnisch betrachtete sie ihre Umgebung. Hoffentlich gingen sie in die richtige Richtung. Mit einem Seufzen bemühte sie sich zu den Jungen aufzuschließen. Wenn sie in dieser Düsternis den Anschuß verlor, würde es böse für sie enden.

Der Pfad vor ihnen wurde zu einem Weg. Sie mussten einfach richtig sein! Hoffnung keimte in ihnen auf, Vuswal bald erreicht zu haben, doch dann hob Thala die Hand und hieß sie anhalten. „Dieser Weg führt bergan." Nachdenklich rieb er sich das Wasser aus den Augen.
„Ja, und?", wollte Dori wissen. „Lasst uns weitergehen, ich will ins Trockene."
„Nach Vuswal geht es aber nicht bergan!", bestätigte Brami. „Der Tafelberg ist platt wie eine Flunder und hat nur sehr wenige Stelle die sich abheben."
„Nun, vielleicht kommen wir von einer anderen Seite in die Stadt und dort geht es eben bergan." Ein Flehen lag in Doris Stimme. Er wollte einfach nur raus aus diesem nassen Stück Natur, am Besten direkt vor einen warmen Kamin, mit einer Tasse heißen Kakao in den Händen.
Brami schüttelte bestimmt den Kopf. „Wir gehen falsch!"
„Du willst doch nicht allen Ernstes behaupten, dass wir uns verlaufen haben.", polterte Dori los. „Ausgerechnet jetzt? Ich will heim."
„Durch dein Gemecker wird es auch nicht besser.", fauchte Brami zurück. „Wir gehen falsch und damit basta!"
„Leider sehe ich es genauso wie Brami. Lasst uns auf diese Anhöhe voraus steigen. Vielleicht können wir ausmachen, wo sich die Stadt befindet.", schlug der Elf um des lieben Friedens willen vor. „Das wird das Beste sein, sonst irren wir während dieses Sauwetters noch Stunden umher."

Sie kraxelten den sanft ansteigenden Hügel empor und fanden sich knapp über den Wipfeln der höchsten Bäume wieder. Oben angekommen, verschlug es ihnen den Atem. Als habe jemand einen Schalter umgelegt, stoppte der Regen. Einer Diva gleich präsentierte ihnen die Natur ein spektakuläres Schauspiel. Der Himmel über ihnen war kohlrabenschwarz, nur in weiter Ferne erblickten sie einen dünnen Streifen Tageslicht. Kurz vor dem Horizont kämpfte sich Sonnenlicht durch die Wolkenmassen und malte blendend helle Linien in die Luft. In diesem Kontrast sahen sie nun auch die Konturen der gewaltigen Wolkenformation, die sich über ihnen auftürmte. Der Wind der oberen Atmosphäre peitschte die flauschigen Giganten immer weiter gen Süden. Den Tafelberg hatten sie längst passiert und hüllten ihn in eine nach Weltuntergang aussehenden Dunkelheit. Metallischer Geruch lag in der Luft und lies die drei Freunde die Nase rümpfen.

„Dies ist ein anschauliches Beispiel dafür, warum das Gebirge vor uns Wolkenberge genannt wird.", murmelte Brami mit stockendem Atem.

Plötzlich flammte ein gewaltiger Blitz auf und fuhr, unter zahlreichen Verästelungen auf das Gebirgsmassiv im Norden nieder. In seinem grellen Licht erkannten sie die gelblich braunen Umrisse der teilweise bis zu achttausend Meter hohen Steinriesen. Nun blieb auch dem Zwerg der Mund offen stehen. Tropfnass starrten sie auf die nun taghell ausgeleuchtete Steinwand knapp hundert Meilen vor ihnen, in die ohne Unterlass immer mehr Blitze einschlugen. Wie aus dem Nichts wurde die Luft um sie herum von einem Donnerschlag zerfetzt, der sie zwang sich die Ohren zuzuhalten. Er grollte durch die Täler und Schluchten des Gebirges, raste über die Ebene, überrolte den Tafelberg und schien schier kein Ende nehmen zu wollen. Wind kam auf und rüttelte die Jugendlichen aus ihrer Starre.

„Wir müssen hier sofort verschwinden!", schrie Brami gegen Wind und Donner an. Obwohl die Jungen kein Wort verstanden, erfassten sie doch den Sinn der gesprochenen Worte und der vor Angst weit aufgerissenen Augen Bramis. So schnell sie konnten kletterten sie den Hügel hinab. Sofort wurde es merklich leiser.

„Wo sollen wir hin? Wir können bei diesem Unwetter nicht in der Landschaft herum laufen.", fragte Thala besorgt.

„Das Zelt wird uns auch nicht schützen!", rief Dori

„Zum Wachturm können wir ebenfalls nicht, da befindet sich Quint und wartet nur darauf, uns auf den Zahn zu fühlen.", warf Brami ein.

Es donnerte erneut.

„Vuswal ist zu weit entfernt, wir schaffen es nie bis dort hin, bevor uns dieser Weltuntergang einholt.", rief Thala und sah sich nach einem Unterschlupf um.

„Oh Mist, ich weiß wo wir sind.", rief Dori teils erleichtert, teils entsetzt. „Seht, da vorne steht eine von Schorlis Grundstücksmarkierungen. Dies ist der Minenhügel."

Über ihnen öffneten sich erneut die Schleusen des Himmels. Ohne weiter nachzudenken lief Dori los, die andere folgten. Sintflutartige Regenfälle nahmen ihnen nun völlig die Sicht, doch Dori führte sie sicher bis zum Eingang der Mine. Das lockere, nur an einem Scharnier hängende Gitter knarrte laut und schwang unter den Windböen heftig hin und her. Die Freunde beachteten es kaum und flüchteten in den dunklen Stollen. Der Wind drückte die Wassermassen hinter ihnen her, so dass sie sich ein ganzes Stück in die Dunkelheit hineintasten mussten.

Rechts tat sich eine Lücke auf, die Tür zu einer gemauerten Vorkammer. Die Drei liefen hinein, um vor dem peitschenden Regen und den Böen in Sicherheit zu sein.

„Macht langsam!", riet Dori. „Nicht das wir noch in irgendeinen Schacht fallen. Hier ist es ja so dunkel wie auf der Rückseite des Multiversums. Tastet den Boden mit den Füßen ab, bevor ihr einen Schritt setzt."

Vorsichtig untersuchten sie den kleinen Raum. Er erwies sich als quadratisch, mit einer Seitenlänge von jeweils knapp fünf Metern. Der Boden war eben und trocken. In der Mitte befanden sich einige Steine, vermutlich eine alte Feuerstelle, die seit Jahren nicht mehr benutzt worden war. Erschöpft sank Brami zu Boden und setzte ihren Rucksack ab. Auch die Jungen mussten erst einmal wieder zu Atem kommen.

„Das war knapp. Wirklich ein nettes kleines Unwetter. Wenn es so weiter macht, könnte es ein Star unter den Wolkenbrüchen werden.", stellte der Elf bissig fest und wrang erfolglos einen seiner Ärmel aus.
Brami nickte. „Aber jetzt haben wir erst einmal ein anderes Problem. Wir haben kein Feuerholz, trotzdem müssen wir irgendwie trocken werden. Raus aus den nassen Klamotten! Wir müssen uns umziehen."
Das Mädchen hatte Recht. Ihre Kleider klebten an ihrer Haut. Stetig größer werdende Pfützen bildeten sich zu ihren Füßen. Thala wühlte in seinem Rucksack herum und entzündete das kleine Grubenlicht.
Dori lachte auf. „Klasse Idee, Thala. Jetzt sehen wir wenigstens was wir tun." Er nickte anerkennend.
Der Elf hob das Licht auf Augenhöhe und verzog resigniert das Gesicht. „Spar dir das Lob, Kleiner. Ich Held habe vergessen es aufzufüllen. Was immer wir auch tun wollen, wir sollten uns beeilen."

Während draußen Blitz und Donner einander jagten, durchforsteten die Drei in aller Eile ihr Gepäck nach trockener Kleidung. Wenige Minuten später saßen sie in ihren Decken gehüllt beieinander, kauten an einigen mitgebrachten Möhren und rieben sich die Wärme in die Glieder.
„Etwas Warmes würde mir jetzt gut tun.", meinte Brami wehmütig und dachte an eine Tasse heißen Holundertee
„Woher nehmen und nicht stehlen?", fragte der Elf, dem ähnliche Gedanken durch den Kopf gingen.
„Hier muss doch noch haufenweise Zeug herumliegen, vielleicht auch irgendetwas mit dem wir ein Feuer entzünden können." Dori erhob sich und genau in diesem Moment verlosch die Lampe. Resigniert setzte er sich wieder, zur Untätigkeit verdammt.

Stunden vergingen. Die Freunde saßen beieinander und warteten ungeduldig, dass das Unwetter nachließ. Die Gespräche waren schon lange verklungen. Jeder hing seinen eigenen Gedanken nach und lauschte auf den unablässig wütenden Sturm.

Endlich ließ das Unwetter nach und das düstere Zwielicht der Abendstunden erschien ihnen wie hellster Sonnenschein, der seine Strahlen durch den Mineneingang hindurch bis zur Pforte ihrer Kammer fluten ließ. Hoffnungsvoll hoben sich ihre Köpfe, jetzt, endlich, würden sie ihre Heimreise antreten können.

Brami sprang bereits auf und wollte anfangen ihren Rucksack zu packen, als Thala sie am Arm zurückhielt. „Warte!", flüsterte er. Auch Dori verharrte mitten in der Bewegung. Die Schärfe von Elfenohren sollte man nicht unterschätzen. Bald schon konnte sie es selbst hören.

Linkische Schritte näherten sich, eine Mischung aus Schlurfen und Sprung, die unheimlich von den Wänden des Stollens widerhallten. Wie gebannt war der Blick der Freunde auf die Tür der Kammer gerichtet. Ein finsterer Schatten legte sich auf den Durchgang und Brami presste sich fest die Hand auf den Mund, um einen aufkeimenden Schrei zu unterdrücken.

Kapitel 07: Ausmanövriert

Die Schritte kamen näher. Der Schatten vor der Tür wurde zusehens größer. Ein unheimliches Klacken erklang auf das eine gezischte Antwort folgte. Thala stellten sich die Nackenhaare auf. Gehetzt sah er sich nach einer Waffe um, doch die Dunkelheit um ihn herum verschluckte alles. Seine Hand tastete ins Leere. Dann war, was immer dort auch kam, heran. Zwei seltsam vierschrötige Gestalten tauchten im vergleichsweise hellen Türbereich auf… und gingen vorbei, ohne auch nur einen einzigen Blick in die Kammer zu werfen. Es dauerte einen Moment bis die Freunde verstanden, dass sie, wider alle Erwartung, nicht entdeckt worden waren. Brami blinzelte irritiert. Angehaltener Atem entwich, Erleichterung machte sich breit.

Brami nahm die Hand vom Mund und setzte sich, um ihre Knie wieder unter Kontrolle zu bringen. Dori hingegen sprang auf, schlich zur Tür und spähte um die Ecke den Stollen entlang. Er sah wie die beiden Fremden gemächlich weiter schlurften. Zu seiner Erleichterung machten sie keinerlei Anstalten etwas gegen die Jugendlichen unternehmen zu wollen. Doris Kopf glitt zurück in die Kammer.
„Los, packt eure Sachen. Das ist DIE Gelegenheit. Wir müssen hinterher.", flüsterte er aufgeregt.
„Warum so eilig? Ich mag den Gedanken nicht, mich hier länger als nötig aufhalten zu müssen.", sagte Brami mit einem leichten Schaudern, begann jedoch ihre Sachen zusammen zu raffen.
„Weil sie sonst weg sind. Ich habe sie erkannt. Diese Gestalten haben Onda Kupferbieger überfallen. Diese beiden oder welche wie sie. Glaubt mir, ich habe ein Auge für so etwas. Aber wenn wir uns nicht beeilen sind sie fort.", beharrte der Zwerg. Er schmiss seine Decke in den Rucksack, den er eilig verschnürte.
„Und wohin sollen sie in einem Bergwerk verschwinden, bitte schön? In der Regel gibt es nur einen Eingang und das ist gleichzeitig auch der Ausgang." Thala war gereizt. Er mochte

es nicht im Geringsten gehetzt zu werden, schon gar nicht an einem Tag wie diesem.

„Du bist noch nie in einem Bergwerk gewesen, oder? Hier gibt es Dutzende von Stollen und zig verschiedene Ebenen, so wahr ich ein Zwerg bin. Los jetzt!", kommandierte Dori.

Mit geschulterten Rucksäcken eilten sie aus der Kammer und bogen rechts in den Hauptstollen ab. Die Fremden waren bereits außer Sicht. Sie beschleunigten ihre Schritte, versuchten aber gleichzeitig keinen Lärm zu machen. Ein schwieriges Unterfangen. Im Stollen lagen noch die Schienen der alten Lorenbahn, deren Bohlen und Nägel sich teilweise aus dem Boden gedrückt hatten. Es war anstrengend nicht an ihnen hängen zu bleiben oder darüber zu stolpern. Schnell stellten sie fest, dass es um einiges einfacher war, wenn sie sich hintereinander bewegten.

Je weiter sie in die Mine vordrangen desto mehr erkannten sie, dass es in ihr gar nicht so finster war, wie es bisher den Anschein erweckt hatte. Einige der Kristalle tief in den Wänden des Stollens verankert, lieferten ein seltsam anmutendes blaugrünes Licht, welches die Umgebung surreal erhellte. Sie folgten den beiden Gestalten vor ihnen mit großem Abstand, verließen sich mehr auf den widerhallenden Klang der Stiefelsohlen, als auf ihre Sicht. Zunächst verlief diese Art der Verfolgung recht gut, denn der Hauptstollen führte wie an einer Schnur gezogen, geradeaus. Bald jedoch mehrten sich die Abzweigungen und sie waren gezwungen den Abstand zu verkürzen, um nicht falsch abzubiegen und den Anschluss zu verpassen.

Sie bemerkten eine Veränderung am Ende des Ganges. Der Schein der Kristalle dort war heller und wies auf einen größeren Raum hin. War dies eine Falle? Wachsam traten sie näher. Wie durch Zauberhand schien der Boden des Stollens vor ihnen verschwunden zu sein, sie standen am oberen Ende eines Förderschachts. Sie spähten, leicht vornübergebeugt, in ein riesiges, nur durch das Kristalllicht erhelltes, scheinbar bodenloses Loch. Senkrecht ging es mehrere Dutzende Meter in die Tiefe. Der Schacht selbst war viereckig angelegt und wies eine Kantenlänge von jeweils knapp zehn Metern auf. An den grob geglätteten Wänden führten hölzerne Stege und Leitern hinab. An der Decke, knapp zwei Meter über ihnen hingen mehrere schwere Winden mit denen Abraum und Schürfgut an die Oberfläche transportiert worden waren. Die wahrscheinlich einst von Ponys betriebenen Winden waren mit schweren Tauen an einigen, tief in den Stein getriebenen Haken gesichert. Auch der hölzerne Schwenkarm war säuberlich fixiert. Die metallischen Führungsseile baumelten in der merkwürdigen leichten Brise, die durch die Mine zog hin und her. Ein Klimpern erklang wenn die Ketten gegeneinder schlugen.

Auf der gegenüberliegenden Wand und mehrere Meter unter ihnen, mühten sich die beiden Verfolgten mit den Leitern ab, die hinabzusteigen ihnen sichtbar schwer fiel. Thala schob die beiden anderen sachte in den Hauptstollen zurück, legte sich selbst flach auf den Boden und spähte zu ihnen hinab. Erst als die beiden Fremden einen weiteren Gang erreichten gab er den Weg frei. Brami traute dem Gebilde aus morschem Holz und rostigen Nägeln nur wenig. Sie wollte aber auch nicht die Verfolgung unverrichteter Dinge aufgeben. Nach einem tiefen Atemzug und einem langen, durchdringenden Blick in den Schacht, überwandt sie sich, den Jungen auf die schwankende Konstruktion zu folgen.

Ihr Gepäck wurde ihnen lästig, während sie vorsichtig Hand und Fuß setzend, in die unbekannten Tiefen hinab kletterten. Auf dem ersten Absatz überlegten sie kurz ob sie die Rucksäcke nicht zurücklassen sollten, entschieden sich aber dagegen. Schließlich wusste keiner von ihnen wie viele von den Fremden hier herumstreiften. Versteckmöglichkeiten gab es keine. Nachfolgende Fremde mussten zwangsläufig über das Gepäck stolpern und wären gewarnt. So ertrugen sie ihre Last und nahmen die nächste Leiter in Angriff. Holm um Holm näherten sie sich ihrem Ziel, der Ebene, auf der die beiden Verfolgten erneut in einen Stollen abgebogen waren.

Auch auf den beiden Ebenen dazwischen hatte es Eingänge zu weiteren Stollen gegeben, ebenso wie sie auf den tieferen Ebenen im Schein der Kristalle weitere Zugänge ausmachen konnten. Dori hatte Recht gehabt, das Innere des Tafelberges war ein Labyrinth. Die Drei folgten unbeirrt ihrer Spur und waren kurz davor in den Stollen der dritten Ebene abzubiegen, als Dori alarmiert flüsterte: „Halt, halt! Nicht so eilig. Lasst mich doch erst einmal nachsehen, was uns erwartet."
Thala und Brami hatten es so eilig die knarrenden Bretter zu verlassen, dass sie ohne sich umzusehen in den Gang hinein liefen. Sie erstarrten vor Schreck, als sie bemerkten welche Dummheit sie begangen hatten. Doch das Glück war mit ihnen, die Fremden waren bereits wieder außer Sicht. Dicht hintereinander eilten sie leise an der Stollenwand entlang. Sie versuchten den Vorsprung der anderen aufzuholen und waren entsetzt, als sie nach einer seichten Biegung des Stollens vor einem Geröllhaufen standen. Hier musste vor langer Zeit ein Stolleneinsturz erfolgt sein, denn an dem Haufen gab es kein vorbeikommen. Irritiert sahen sich die Drei an. Wo in aller Welt waren die beiden Fremden abgeblieben. Dori untersuchte den Haufen. Er befand, dass dieser Bruch schon vor Jahrzehnten erfolgt sein musste und sich niemand in letzter Zeit daran zu schaffen gemacht hatte. Hier kamen sie nicht weiter. Es blieb das Geheimnis um den Verbleib der Fremden. Sie gingen ein Stück des Weges zurück und erblickten in einer Falte der Wand den Eingang zu einer in den Stein geschlagenen Treppe. Sie war grob in den Stein gehauen und so eng, das Thala die Schultern einziehen musste. Allerdings führte sie dieser Weg weiter voran und mindestens eineinhalb Ebenen nach unten. Diesen Weg mussten die Fremden genommen haben.

Die Treppenflucht entließ sie in einen weiteren kristallbeleuchteten Tunnel, der ebenfalls die rostigen, halb zerfallenen Schienen der Lorenbahn aufwies. Sie lauschten in die Stille des Berges hinein und tatsächlich, der Klang der eisenbeschlagenen Stiefelsohlen wies ihnen den Weg. Minutenlang folgten sie dem Gang, ohne auf nur eine einzige Abzweigung zu stoßen. Dann allerdings gelangten sie in eine weite Halle. Es schien sich um einen alten Lager- und Verteilplatz zu handeln, denn zu ihren Füßen lagen die Überreste zerfallener Fässer und Kisten. Sieben Gänge führten sternenförmig von der Halle ab. Ratlos sahen sie sich an. Welchen der Gänge mochten die beiden genommen haben. Thala lief die einzelnen Stolleneingänge ab und lauschte mit seinem feinen Elfengehör in die Schatten hinein. In einem Gang vernahm er die seltsam schlurfenden Schritte, die bereits in der Ferne verklangen. Ohne viel Federlesens liefen sie hinterher.

Der Gang war dunkler als die Stollen, durch die sie bisher gewandert waren. Die Kristalle leuchteten nur schwach und in einem so tiefen grün, wie man es sonst nur zu sehen bekam wenn man vom Grund eines tiefen Sees in Richtung Tageslicht schaute. Die Drei tasteten sich mehr an den Gleisen voran, als das sie sie sahen. Sie konzentrierten sich so sehr darauf nicht zu stolpern, dass ihnen nicht sofort auffiel, dass sich der Stollen immer mehr nach unten neigte. Der Boden war feucht und rutschig.

Dori breitete sie Arme aus und hieß den Freunden zu halten. Er hatte etwas vor sich in der Dunkelheit gesehen. Ein großes viereckiges Ding mit zwei Auswölbungen, die in ihre Richtung zeigten. Sie versuchten herauszufinden was es war, kamen jedoch zu keinem Ergebnis. Das Ding selber zeigte keine Reaktion, was dazu Dori veranlasste sich langsam heran zu pirschen. Wie Schuppen fiel es ihm von den Augen und er verdrehte die dieselben. Es war ein Stopper; ein Stopper für die Loren der Bergwerksbahn. Er stand mitten im Gang und dahinter endeten die Gleise. Sie umgingen das hölzerne Hindernis und drangen weiter in den Gang vor.

Schon seit Minuten hatten sie keinen Laut mehr von den Fremden vernommen und langsam machten sie sich Sorgen auf der falschen Spur zu sein. Der Weg wurde immer glitschiger. Thala der als Letzter ging, rutschte aus. Die Neigung war mittlerweile groß genug, dass er auf dem Hintern sitzend, weiter rutschte. Nur von einem Plumps und einem unterdrückten Ruf der Überraschung gewarnt, wurden Brami von hinten die Beine weggezogen. Sie landete auf dem stetig weiterrutschenden Elfen, der ihren Aufprall mit einem schmerzerfüllten Stöhnen quittierte. Auch Dori wurde nicht ausgelassen. Er landete mit einem überraschten „Uff" auf dem Haufen seiner heran sausenden Freunde. Das bunte Häuflein aus Zwerg, Elf und Mensch nahm an Fahrt zu und glitt den Hügel hinab, als sei er aus Seife. Die Rutschpartie endete erst in einem flachen Tümpel, in dem sich Kondenswasser gesammelt hatte.

Prustend vor Nässe und Kälte sprangen sie auf die Beine. In Thalas Fall dauerte es etwas länger. Er rieb sich die blauen Flecken und kleinen Schürfwunden, die er sich als Unterster auf der steinigen Oberfläche des Ganges zugezogen hatte.
„Na das war ja ein netter Ritt.", meinte Dori und Enttäuschung trat auf sein Gesicht als er sich umsah. Mit dem flachen Tümpel endete der Gang. Sie waren in eine Sackgasse geraten. Von den beiden Verfolgten keine Spur. Es blieb den Dreien nichts anderes übrig, als den abschüssigen Weg wieder empor zu klettern und anderenorts nach den Fremden zu suchen. Außer Atem und erschöpft gelangten sie nach über einer Stunde wieder in dem zentralen Raum der Ebene an, von dem die zahlreichen Stollen abgingen.
„Hat es noch Sinn die beiden zu suchen oder sollen wir uns lieber auf den Heimweg machen?", erkundigte sich Thala, dem die Lust an der Verfolgung endgültig vergangen war. Fragende Blicke waren die Antwort.
Brami drehte sich achselzuckend einmal im Kreis. „Wenn du noch weißt, wo es lang geht, stimme ich für Letzteres."

Thala schreckte auf. Tatsächlich, alle Stolleneingänge sahen mehr oder weniger gleich aus. Auch er konnte nicht mehr sagen, welcher zum Ausgang der Mine führte. „Wir sind solche Idioten, wir hätten die Abzweigungen markieren sollen."
„Ja, jetzt wo du es sagst...Verdammt, wie konnte uns das nur passieren? Ich hatte es bis hierher nicht für nötig gehalten. Jetzt muss ich allerdings zugeben: ich kenne den Weg ebenfalls nicht.", murmelte der Zwerg kleinlaut.
„Okay, noch mal ganz von vorne. Wir markieren diesen Gang hier und folgen ihm bis zum Ende, wenn es nicht der Gang zur Treppe und zum Förderschacht ist, kehren wir um und nehmen den nächsten. Eine andere Chance haben wir nicht.", entschied Brami. Der Zwerg nickte, hob einen Stein vom Boden und kratzte einen Kreis an die Tunnelwand.

Niedergeschlagen und müde machten sie sich auf den Weg. Den ersten Stollen, den sie versuchten fanden sie nach einigen Windungen durch zahlreiche Balken und Holzplanken versperrt. Einige Meter dahinter erkannten die Jugendlichen einen enormen Geröllhaufen. Entweder hatte man hier mit einer Verfüllung begonnen oder auch hier war ein Stollenteil eingestürzt.

Der zweite Gang erhielt zwei Kreise und wies bereits auf den ersten zwei Dutzend Metern diverse Eingänge zu Kammern auf. Womöglich hatten sie einst als Wohnquartiere gedient. Der Bereich schien in sich abgeschlossen zu sein und wahrscheinlich hätten sie unter anderen, weniger beängstigenden Umständen genauer untersucht; so jedoch wussten sie, dass dies nicht der Weg war, durch den sie gekommen waren und kehrten unverrichteter Dinge in die Halle zurück.

Der dritte Stollen den sie markierten führte tief in den Berg hinein. Er beschrieb einen weiten Bogen nach links, knickte dann abrupt nach rechts ab und öffnete sich zu einer Kammer, die keinen weiteren Ausgang hatte. Eine Menge Unrat lag auf dem Boden, altes Werkzeug, Balken und Planken. Enttäuschung machte sich unter den Freunden breit. Alle drei waren müde und hatten genug von der stundenlangen Sucherei.

Wutentbrannt stampfte Dori auf. Er wollte endlich heraus aus diesem muffigen Gewölbe. *„Nicht schon wieder eines von diesen toten Enden. So langsam nervt es!"*, dachte er bei sich als unter ihm ein laut vernehmliches Knarren einsetzte. Irritiert sah er sich um. Thala und Brami blickten ihn entsetzt an. Doris Stirn legte sich in Falten. Was war denn los? Sein Blick senkte sich auf seine stiefelbewehrten Füße. Die Holzplatte unter ihm nutzte den dramatisch günstigen Moment und gab unter ihm nach.

Kapitel 08: Licht am Ende des Stollens

Schreckensstarr betrachteten Thala und Brami das Loch im Boden. Dori war verschwunden. Kein Laut drang mehr an ihr Ohr. Blankes Entsetzen trieb dem Mädchen jegliches Blut aus dem Gesicht. Sie musste sich erst einmal setzen. Diverse herumliegende Gerätschaften boten sich dafür an und sie wählte einen schweren Holzbalken, direkt an der Stollenwand. Weit entfernt von dem unheimlichen, schwarzen, Zwerge verschlingenden Loch.

Thalas Reaktion war genau entgegengesetzt. Sobald der Schock ihn aus der Starre entließ, schmiss er seinen Rucksack an den Rand des Ganges, sodass dieser von der Stollenwand abprallte und ihm wieder ein Stück entgegenrollte. Der Elf beachtete ihn nicht. Aufgeregt lief er zu der Einbruchstelle, warf sich auf den Boden und robbte vorsichtig an den schwarzen Abgrund heran. Seine Augen spähten über die scharfe Bruchkante hinweg in die Tiefe. Immer wieder rief er laut den Namen des Freundes.

In den Pausen, in denen er angestrengt auf eine Antwort lauschte, fixierte er das scheinbar unendliche Nichts unter sich, in der Hoffnung Dori auszumachen „Dori! Dori!", rief er erneut. Die Verzweiflung in seiner Stimme nahm zu. „Gib es auf, Thala, er hört dich nicht. Dori hätte dir sonst längst geantwortet. Aber andere werden dich hören, wenn du so weiter brüllst.", sagte eine gefasste Stimme neben ihm. Thala hob den Blick. Brami hatte ihren ersten Schrecken überstanden und sich neben ihm eingefunden. Der Elf hatte sie gar nicht kommen hören. Das Mädchen spähte ebenfalls über den maroden Rand der Bodenplatte. „Komm Thala, so hat es keinen Sinn." Sie kroch zurück und richtete sich auf, sobald sie wieder harten Stein unter den Füßen spürte.

Der Elf blickte sie empört an. „Aber wir können doch nicht einfach aufgeben!", rief er entrüstet und immer noch viel zu laut.

„Das werden wir auch nicht.", erwiderte Brami. „Aber einfach
stundenlang hinabzurufen bringt es auch nicht. Entweder er ist
besinnungslos und kann dir nicht antworten oder er kann dich
einfach nicht hören. Wir verschwenden nur Zeit und Kraft
wenn wir so weitermachen. Los! Steh auf."

Thala folgte Bramis Anweisungen nur widerwillig. Seine
Augen brannten vor unterdrückter Wut und Enttäuschung.
Ohne weiter auf das Mädchen zu achten, schnappte er sich sein
Gepäck und machte sich auf den Rückweg in die große Halle.
Brami sah ihm verwundert nach und eilte dann schleunigst
hinterher.

Kurz vor der Halle mit den sternenförmig abgehenden Stollen,
holte sie ihn endlich ein. Sie griff nach seinem Arm, doch er
wehrte sie brüsk ab. Das Mädchen seufzte, überholte den Elfen
und blieb direkt vor ihm stehen, beide Hände fest gegen seine
Brust gepresst. „Was wird das?", fragte sie aufgebracht.
„Willst du, dass wir uns alle drei verlieren und hier keiner mehr
lebend heraus kommt?", fuhr sie ihn an.

Der Elf war einige Zentimeter größer als Brami und sah mit
funkelnden Augen zu ihr hinab. „Wir können ihn nicht einfach
seinem Schicksal überlassen!", presste er mit mühsam
unterdrücktem Zorn hervor.

Das Mädchen fuhr sich mit der Hand nachdenklich durch das
Haar „Das habe ich auch nicht vor aber wir dürfen jetzt nicht
den Kopf verlieren. Niemand weiß wo wir sind. Wenn wir jetzt
das falsche tun, sitzen wir hier alle fest. Komm mit zu der
Bruchstelle, dort liegt haufenweise Material herum. Lass uns
versuchen von dort an ihn heran zu kommen."

„Es muss auch andere Wege geben, einfachere.", gab Thala zu
bedenken.

„Keine die uns auf Anhieb und ohne uns zu verlaufen zu ihm
führen. Es hat keinen Sinn Stunden mit der Suche nach einem
möglichen Weg zu vergeuden. Dori ist vielleicht verletzt und
braucht dringend Hilfe. Durch das Loch erreichen wir ihn auf
jeden Fall." Bestimmt drehte Brami den Elfen herum, der sich

plötzlich ziemlich dumm vorkam. Gemeinsam kehrten sie an die Stelle zurück, an der ihr Freund verschwunden war.

Tatsächlich lag hier eine Menge zurückgelassenes Material herum, das ihnen womöglich helfen konnte. Am Aussichtsreichsten war sicherlich die Seilwinde, die direkt über der Einbruchstelle hing. Thala machte sich an seinem Rucksack zu schaffen und entnahm ihm die kleine Lampe, ein altes Hemd sowie die Zündhölzer. So lange hatte er die Lampe nun schon mit sich herumgeschleppt. Nun endlich konnte sie ihm einen letzten guten Dienst erweisen. Er nahm sich ein Stück Holz vom Boden welches ihm gut in der Hand lag und eine ausreichende Länge besaß, dann wickelte er das Hemd eng um die Spitze und tränkte sie mit dem verbleibenden Rest Lampenöl den der Docht nicht mehr hatte erreichen können. Fertig war die Fackel. Er robbte sich erneut an die geborstene Holzplatte heran, entzündete die Fackel und leuchtete hinab. Die Schwärze lichtete sich nur zögernd, fast widerstrebend. Direkt unter ihm schien sich eine hölzerne Wanne zu befinden, knapp anderthalb Meter unter der geborstenen Bodenplatte. Was es damit tatsächlich auf sich hatte konnte er nicht ausmachen. Ebenso wenig wie sich ihm die Dimensionen des Raumes unter ihm erschlossen. Brami, die neben ihm lag riet dazu, die Fackel weit in den Raum hinein zu schleudern, in der Hoffnung so mehr Details zu erkennen und dabei nicht den Zwerg zu treffen. Mit Schwung schleuderte er das auflodernde Stück Holz von sich. Immer tiefer fiel die Fackel, immer schwächer wurde ihr Schein, halb verdeckt von dem hölzernen Hindernis unter ihnen. Dann geriet sie völlig außer Sicht. Ein letztes Aufflackern vermittelte den Eindruck sie sei vom Fallwind ausgeblasen worden. Enttäuscht starrten die beiden in die Tiefe, als sich plötzlich etwas regte.

Ein letzter Funke Glut fand Nahrung und die Fackel entzündete sich aufs Neue. Als sei dies ein Startsignal gewesen erstrahlte es vor ihnen nun in allen Farben des Regenbogens. Zahlreiche Kristalle sogen das ungewohnte Licht in sich auf und gaben es mit ihren Facetten an die Umgebung weiter. Zarte Kohleadern, zu gering um je für den Abbau in Betracht gezogen zu werden, schimmerten mit schwarzem, fettigen Glanz. Die Reflexionen verstärkten sich immer mehr und eine beachtliche Höhle kam zum Vorschein.

Direkt unter ihnen erblickten sie den Beginn einer gewaltigen hölzernen Rutsche. Einst mochte sie Güter auf dem schnellsten Weg auf eine der nächsten Ebenen transportiert haben. Nun jedoch hing sie zu einem Teil an verrosteten Verankerungen, hoch über dem weit entfernten Boden der Kaverne, zum anderen ruhte sie auf maroden hölzernen Stelzen, die sich durch einen großen Teil der Höhle zogen. Sie verlief in vielen Kurven und Windungen gen Norden und überbrückte einen gewaltigen Höhenunterschied von mindestens fünfzig oder sechzig Metern. Ihr Ende war nicht in Sicht.

Erleichtert atmete Thala auf, zumindest hatte sich der Zwerg nicht direkt zu Tode gestürzt. Nun konnten sie hoffen, dass er ohne Schaden das Ende der Holzrinne erreicht hatte. Während der Elf noch die Konstruktion in Augenschein nahm, sah sich Brami bereits das zur Verfügung stehende Material an. Sie fand einige zuverlässig aussehende Seile und ein Klettergeschirr welches ihr überraschenderweise passte. Die Zwerge, die hier einst arbeiteten, mussten dies bereitgehalten haben, für den Fall das Reparaturen an der Rutsche fällig wurden. Nun, sie wusste die Umsicht ihrer Vorgänger zu schätzen. Gewissenhaft überprüfte sie alle Halterungen und Haken, aber der Gurt schien in einem tadellosen Zustand zu sein.

Anders wie die Winde, die sie gemeinsam von dem Verankerungsgestell an der Decke herabließen. Sie war zwar voll funktionsfähig aber die Lager hatten jahrelang kein Fett mehr gesehen und die schwere Kurbel war mehr als nur schwergängig. Dieses Mal hatte Brami die rettende Idee und förderte aus ihrem Rucksack eine Dose Fett zu Tage. Zwar war es zum Kochen und Braten gedacht, doch für eine kurze Weile würde es ihre Arbeit mit der Winde erleichtern. Thala und Brami arbeiteten Hand in Hand, befestigten das Seil an dem Klettergeschirr und legten es anschließend über das Führungsrad der Winde. Versuchsweise hob Thala Brami mit dem Geschirr ein Stückchen an. Ein letzter Beweis: die Winde würde das Gewicht des Mädchens mit Leichtigkeit tragen. Alles war bereit. Alles war kontrolliert.

Das Mädchen ließ die Beine über die Bruchkante baumeln, dann hob Thala sie ein wenig an, damit sie frei über dem Loch hing und er sie senkrecht hinab lassen konnte. Bramis Magen schlug einen Purzelbaum. Sie war heilfroh als der Elf sie langsam aber stetig zur Holzrinne hinab ließ und sie endlich wieder festen, wenn auch stark abschüssigen Boden unter den Füssen hatte.
Sie hörte über sich die Sperre einrasten und Thala erschien wenige Sekunden später an der Kante. „Alles okay bei dir?"
Das Mädchen hob den gestreckten Daumen.
„Es geht sofort weiter, mir ist da nur noch eine Kleinigkeit eingefallen." Er befestigte einige Lederstücke an den scharfen Kanten, um zu verhindern, dass das Seil durchscheuerte, dann war er wieder verschwunden.

Die Sperrung löste sich und Brami nahm Fahrt auf. Das Holz war seltsam rutschig, ob die Zwerge es damals einer speziellen Behandlung unterzogen hatten oder die latente Feuchtigkeit der Höhle diesen Schmierfilm erzeugte, konnte das Mädchen nicht sagen. Sie war einfach nur dankbar, dass sie an dem Seil hing und nicht unkontrolliert hinab sauste. Langsam aber stetig kam sie voran. Bald hatte sie die Hälfte des Weges zum Höhlenboden hinter sich gebracht, als sie wieder die Sperre weit über sich einrasten hörte.

Sie drehte sich im Klettergeschirr baumelnd herum und versuchte einen Blick auf Thala zu werfen. Sie hoffte ihn oben in der Luke erblicken zu können, um zu erfahren, was vorgefallen war. Doch kein Elf zeigte sich an der deutlich sichtbaren Bruchstelle. Minutenlang hing sie auf halber Höhe, zwischen Himmel und Hölle, wie es ihr vorkam. Nur umgeben vom Schein der Fackel am Boden und den Kristallen an Wänden und Decke. Kein Ton drang an ihr Ohr. Langsam begannen ihre Beine zu kribbeln, sie musste aus diesem Geschirr heraus, sonst würde es ihr mit der Zeit das Blut in den Beinen abdrücken.

Sie umfasste die hohen Wände der Rinne und zog sich ein Stück in die Höhe. Mit einem Fuß fand sie einen schmalen Spalt, auf dem sie sich abstützen und das Seil entlasten konnte. Welch eine Wohltat. Nun würde zumindest ihr Blut wieder vernünftig zirkulieren können.

Irgendetwas Schreckliches musste passiert sein. Warum sollte Thala sonst ihre Fahrt unterbrechen? Hatten diese komischen Wesen ihn entdeckt? Warum meldete sich dieser verdammte Elf nicht? Grade hatte er doch auch stundenlang in die Dunkelheit hineinschreien können. Sorgenfalten bildeten sich auf Bramis Stirn. War es zu einem Kampf gekommen? Aber dann hätten diese hüpfenden Ungeheuer doch sicher ihre hässlichen Häupter durch die Luke geschoben. Hätten sie nicht wissen wollen, was vor sich ging? Oder war es ihnen einfach egal?

Bramis Kraft ließ nach. Grade als sie überlegte, ob die versuchen sollte das Seil zu durchtrennen und die Rutschpartie ins Unbekannte riskieren sollte, wurde die Sperre gelöst. Doch anstatt weiter hinabzugleiten, zog man sie zurück.

Kapitel 09: Die große Fahrt

Mit einem lauten „Plumps" landete Dori auf etwas Hartem. Der Aufschlag presste ihm jegliche Luft aus den Lungen. Mit weit aufgerissenen Augen schnappte er nach Luft und versuchte sich aufzurichten. Instinktiv griff er nach den hohen Rändern der hölzernen Rinne, in die er hineingefallen war und bekam sie genau in dem Moment zu fassen, als den Naturgesetzen einfiel, dass der Zwerg eigentlich wegrutschen müsste. Die Rinne neigte sich steil nach unten und die Schwerkraft sog hartnäckig an Doris Füßen. Sein angstvoller Blick richtete sich auf das Loch direkt über ihn. Es war nur knapp anderthalb Meter von ihm entfernt. Hätte er aufrecht stehen können, wäre es kein Problem gewesen ihn wieder in die Kammer hinauf zu ziehen. So aber, liegend in einer abschüssigen Rinne, würden sie ihn allein mit den Händen nicht erreichen können. Würden die Freunde rechtzeitig irgendetwas finden, an dem er sich würde festhalten können?

In seinen Handflächen bildete sich fast augenblicklich eine dünne Schweißschicht die seine Lage nicht wirklich verbesserte. Er versuchte sich mit den Beinen zusätzlichen Halt zu verschaffen, doch die Wände der Holzwanne waren glatt wie ein Babypopo und nahezu fugenlos verarbeitet. Schon begann seine rechte Hand zu rutschen und er war gezwungen nachzugreifen. Da für einen kurzen Moment die Last seines Gewichts allein auf der Linken lag und durch das Ungleichgewicht der Rest seines Körpers ebenfalls ins Rutschen geriet, verfehlte seine Rechte die rettende Wand um Haaresbreite. Nur an der linken Hand baumelnd, versuchte er eine leichte Drehung, um erneut zupacken zu können. Der Ruck den sein Körper daraufhin durchfuhr, ließ ihn aber endgültig den Halt verlieren. Er glitt die Rinne hinab. Das Licht der Kammer nahm ab und Dori raste durch die Düsternis, ohne zu wissen wohin die Reise gehen würde. Instinktiv spreizte er Arme und Beine und drückte sich platt auf das Holz, mit dem Ziel die wilde Fahrt zu verlangsamen. Doch trotz der

Gegenmaßnahmen wurde er immer schneller.

Eine erste Kurve, die ihn völlig unvorbereitet traf, war so steil, dass es ihn ein gutes Stück die Wand hinauf trieb. Für einen kurzen Moment war er sich sicher, aus der Wanne hinaus geschleudert zu werden. Doch es ging noch einmal gut. Er kam an einigen Kristallen vorbei, die müde vor sich hin glommen. Kein Vergleich mit dem Licht, dass ihnen in den Stollen weiter oben den Weg gewiesen hatte. Mit der Zeit gewöhnten sich seine Augen an die neuen Lichtverhältnisse. Er konnte Schemen erkennen und der Verlauf der Rinne erahnen. Eine Kurve folgte der nächsten. Die Rinne schraubte sich immer tiefer in den Berg hinein.

Dori erkannte, dass er durch eine einzige riesige Höhle glitt, die die Zwerge einst in den Berg getrieben hatten. Ihre Größe war schwer zu schätzen, da sie unförmig geschlagen worden war, grade so wie es die Kohleablagerungen ergeben hatten. Doch eines war sicher, die Rinne schraubte sich in Spiralen dem Boden der Höhle entgegen. Der Zwerg rutsche mit atemberaubender Geschwindigkeit auf den unteren Rand einer Steilwand zu. Fast erwartete er, dass die Rinne nun auslaufen würde und er sein Ziel erreicht hätte, doch machte er keinerlei Anstalten langsamer zu werden. Wohingegen die Wand erschreckend schnell näher kam. Bevor es ihm gelang, den sich in seiner Kehle ansammelnden Schrei auszustoßen, machte die Rinne einen scharfer Schlenker nach links, führte einen noch steileren Hügel hinab und verschwand in der Wand.

Völlige Dunkelheit umgab ihn, in einer mit Holz verkleideten steinernen Röhre, mitten durch den Berg. Lediglich der Fahrtwind wies ihn darauf hin, dass er mit unverminderter Geschwindigkeit unterwegs war. Einmal war die Decke der Röhre so niedrig, dass sein Helm daran entlang schrappte und Funken schlug. Dies und wilde Kurven nach rechts und links besserten das Wohlbefinden des Zwerges nicht wirklich. Alle Unsäglichkeiten dieser vermaledeiten Fahrt trafen ihn nun wieder völlig unvorbereitet und er sehnte sich einige Kristalle herbei.

Der Tunnel endete so abrupt wie er begonnen hatte und entließ seine blasse Fracht in eine weitere, kleinere Höhle. Endlich konnte Dori wieder sehen. Doch was er sah, ließ seinen Magen rebellieren. Eine wilde Konstruktion aus von der Decke hängenden Klemmen und hölzernen Stützen zeichnete den weiteren Verlauf seiner Reise ab. Staunend betrachtete er den gewagten Bau im Schein der hier hell leuchtenden Kristalle. Dann jedoch schien die Geschwindigkeit langsam abzunehmen, die Deckenklemmen zogen nun langsamer an ihm vorbei, was der Magen des Zwergs dankbar zur Kenntnis nahm. Dori musste mindestens drei oder vier Ebenen überbrückt haben, als sich die hölzerne Rutsche allmählich abflachte und schließlich in einer kleinen, gemauerten Kammer auslief.

Sein Hosenboden brannte, durch die erzeugte Reibung der unfreiwilligen Rutschpartie. Dori hüpfte auf und ab, um Abstand zwischen seiner Haut und dem erhitzten Stoff zu bringen. Erst nachdem sich der Schmerz ein wenig gelegt hatte, kam ihm der Gedanke sich umzusehen. Der Raum war erfreulich hell, die hier siedelnden Kristalle schienen aktiver zu sein und spendeten ein helles blaues Licht, das die Schatten aus den Ecken vertrieb.

Die Rutsche empor klettern zu wollen strich Dori sofort von der Liste seiner Optionen. Ohne Sicherung durch Haken und Seile würde er die steile Rinne niemals erklimmen. Doch wie sollte er je wieder den Weg zurück finden? Sein Blick durchforstete die Kammer. Steinboden, einige vermoderte Fasern, vermutlich Überreste von Jutesäcken, die die Zwerge überstreiften, wenn sie die Rutsche benutzten. *„Hervorragende Idee!"*, dachte Dori bei sich. *„Hätte mir früher einfallen sollen."* Er betastete seine Rückseite, die langsam abkühlte. Ein Stapel in sich zusammengefallener Kisten und ein Ausgang waren die verbleibende Ausbeute seines Rundblicks. Seinen Rucksack hatte er zum Glück noch bei sich, auch wenn einer der Riemen während der rasanten Fahrt gerissen war.

Seufzend und mit wenig Hoffnung, nahm er den einzigen ihm verbliebenen Weg. Angst und Unsicherheit nagten an ihm. Er war allein. Keiner seiner Freunde würde ihm beistehen können, sollte ihm hier unten etwas zustoßen. Dicht an die Wand gelehnt, warf er einen skeptischen Blick aus dem Raum heraus. Auf die Kammer folgte ein kurzer Tunnel. Düster und unheimlich lag er vor ihm. Kein einziger Kristall leuchtete. An seinem Ende sah Dori eine weitere Kammer; von den Fremden oder anderen Gefahren keine Spur.

Er wagte sich vorwärts, durchquerte zügig die Dunkelheit des Tunnels und erreichte die zweite Kammer. Wie ein gewaltiger Ballsaal tat sie sich vor ihm auf. Die hohe, von Steinsäulen getragene Decke war gespickt mit Kristallen, allerdings leuchteten nur einige von ihnen und das nicht sonderlich intensiv. Hier hatten sie wieder dieses teichfarbene Grün, welches ihm schon an anderer Stelle begegnet war. Es reichte gerade so aus, dass der Zwerg seine Umgebung ausmachen konnte. Er hätte gerne herausgefunden was diese unterschiedliche Intensität und Farbe der Kristalle ausmachte aber er hatte andere Sorgen.

Jeweils rechts und links von ihm befanden sich drei gemauerte Türstürze. Geradeaus erhob sich ein gewaltiges Tor, auf beiden Seiten flankiert von jeweils einer weiteren Tür. Bei allen Durchgängen bestand die potentielle Gefahr, dass Feinde herausstürzen und ihn ergreifen könnten. Ein Gedanke der Dori überhaupt nicht behagte. Einfach stehen bleiben und nichts tun, war aber auch keine Lösung. Er musste hier heraus, also musste er die Durchgänge untersuchen. Er redete sich einen Moment Mut zu, dann hielt er auf die rechte Wand zu und blickte, während er den Saal durchquerte in die jeweiligen Räume hinein.

Die meisten von ihnen besaßen keine Türen oder sie hingen windschief in ihren Scharnieren. Die Räume selbst wiesen, bis auf eine Ausnahme, zahlreiche Etagenbetten und hölzerne Spinde auf, an denen der Zahn der Zeit bereits eifrig genagt hatte. Offenbar hatte man es nicht der Mühe Wert gefunden, beim Verlassen der Mine das Mobiliar abzutransportieren.

Der mittlere Raum schien der ehemalige Speiseraum der Minenzwerge gewesen zu sein. Lange Tische und Bänke, sowie ein gusseiserner Herd gehörten zu seiner Ausstattung. Der Raum rechts vom Tor war, wie sein Zwilling auf der anderen Seite, mit Regalen, großen Aufbewahrkisten und Deckenhaken ausgestattet, was sie eindeutig zu Lagerräumen machte. Dori hob ein kurzes Kantholz auf, um sich den Anschein von Sicherheit zu geben. Wenn ihm einer der vierschrötigen Burschen über dem Weg lief, würde er zumindest seine Haut teuer verkaufen.

Das große Tor fand Dori verschlossen vor. Es war aus dem Holz des Kranbaums und der Steineiche gearbeitet und zeigte auch nach all den Jahren nicht das geringste Anzeichen von Verfall. Sehr zum Verdruss von Dori, der sich an dieser Stelle einen Ausgang versprochen hatte. Ein schwerer Riegel lag quer vor dem zweiflügeligen Tor, mit mehreren Schlössern gesichert. Zaghaft rüttelte der Zwerg an einem von ihnen, doch auch an dieser Stelle hatte man auf Qualität gesetzt. Das Metall quietschte einmal müde, verblieb aber ansonsten an Ort und Stelle. Eine Sorgenfalte bildete sich auf Doris Stirn. Sollte ihm tatsächlich der einzige Fluchtweg versperrt sein? Hatte man diese Ebene versiegelt und gemeint die Abdeckung der Rutsche würde ausreichen, um zukünftige Besucher abzuhalten? Dabei fiel ihm ein, dass sie sich eigentlich widerrechtlich in der Mine aufhielten. Man konnte die Eigentümer kaum dafür verantwortlichen machen, wenn sie so blöd waren, hier zu Schaden zu kommen… wenn man sie überhaupt jemals finden würde.

„*Bleib bei der Sache!*", maßregelte er sich selbst. „*Langes Grübeln wird dir nicht helfen.*" Er beschloss die restlichen Räume zu untersuchen und sich erst, wenn alle anderen Möglichkeiten ausgeschöpft waren, mit diesem Problem auseinander setzen. Seufzend nahm er sich die letzte Wand des Saales vor und stieß auf zwei weitere Schlafräume. Bei voller Besatzung mussten in diesem Quartier insgesamt an die achzig Zwerge ihren Dienst getan haben. So etwas wie Stolz auf sein Volk kam in dem Zwerg auf, so weit wie sie hatte sich keine andere Rasse in die Tiefen Maldorons hinab gegraben.

Der letzte Raum schließlich ließ Dori ein Dankgebet an Tholmag über die Lippen kommen. Neben zahlreichen Überbleibseln von Werkzeugständern, Kisten und Fässern, befand sich hier der Zugang zu einem Treppenschacht. Dieser Treppenschacht war mit wesentlich mehr Aufwand gestaltet worden, als jener, den sie bei dem eingestürzten Stollen betreten hatten. Die Wände und Stufen waren glatt gehauen, wenn letztere auch durch die häufige Benutzung mit eisenbeschlagenen Stiefeln leicht ausgetreten waren. In der Mitte hatte man einen Steinkern stehen lassen und einen Handlauf an der Seite angebracht, um den recht steilen Auf- und Abstieg zu erleichtern. Ein Abstieg in die Tiefe schied für Dori aus. Seine Freunde warteten oben.

Dankenswerterweise waren die Eingänge zu den Ebenen mit Runen markiert. Der Weg bis zur nächsten Ebene machten ihm keine nennenswerten Schwierigkeiten. Als er allerdings auf der sechsten Ebene ankam, brannten ihm die Oberschenkel und Waden, durch die ungewohnte Belastung. Er biss sich durch. Etwa auf der Hälfte des Weges zur fünften Ebene, auf der er Brami und Thala vermutete, stellten sich die ersten Krämpfe ein. Dori musste eine Pause machen.

Er setzte sich auf eine der steinernen Stufen und versuchte seine Beine zu lockern. Dort saß er nun, schüttelte mal das eine, mal das andere Bein und wartete darauf, dass das zittern nachließ. Plötzlich überkam ihn das unbestimmte Gefühl beobachtet zu werden. Hastig wandte er sich um, doch über ihm war niemand zu sehen. Auch von unten drangen keine Geräusche an sein Ohr, nichts desto trotz blieb der hartnäckige Eindruck, dass ihm ständig jemand über die Schulter schaute. Eine Präsenz, die beinahe fühlbar war, sorgte dafür, dass sich seine Nackenhaare aufstellten. Sollte es in diesem Bergwerk vielleicht Buccas geben?

Buccas waren mythische Sagengestalten, an die in seiner Heimatstadt Miltum, mit voller Hingabe geglaubt wurde. Obwohl er niemanden kannte, der einmal einem von ihnen begegnet wäre, war jedermann sicher, dass es diese Wesen in den Tiefen Maldorons gab. Buccas waren meist freundlich gesinnte Geister verstorbener Bergleute, die mit ihren noch lebenden Kollegen gerne den einen oder anderen Schabernack trieben. Verschwundene Hämmer, verlegte Helme, allein davon fahrende Loren, all das war die Schuld der Buccas. Allerdings waren sie mindestens ebenso so eifrig darin die Bergarbeiter vor Unfällen zu bewahren, wie ihnen Streiche zu spielen. Heftiges Gestöhne und Hammerschläge erklangen, wenn Schlagwetter drohten; eine unverhoffte Schlinge in einem herumliegenden Seil, das einem vor dem Absturz rettete; Luftlöcher bei Wassereinbrüchen im Stollen, auch das waren die Buccas. Seit Jahrzehnten hatte es keine Todesopfer mehr durch Grubengas oder Einstürze gegeben und das hatte man den Buccas zu verdanken. Und deshalb versuchten alle Arbeiter, die etwas auf sich hielten, sich mit ihnen gut zu stellen. Viele ließen kleine Brocken ihrer Mahlzeiten für die Geister zurück, als Dank für zukünftige oder bereits geleistete Hilfe.

Sollte es diese Wesen tatsächlich geben, so dachte Dori, so wären sie vielleicht bereit, ihn zu seinen Freunden zu führen. „Bucca?", flüsterte er. „Bist du da?". Er erhielt keine Antwort, aber das Gefühl nicht alleine zu sein verstärkte sich.

Unschlüssig nestelte er an der Klappe seines Rucksacks herum. Er suchte eine Weile und fand schließlich eines seiner Honigbonbons, die er so liebte. Er verschloss den Beutel wieder und schulterte ihn. Dann legte er das Bonbon auf die Stufe, auf der er gesessen hatte und richtete seine Worte an die leere Luft. „Dies ist ein Geschenk für dich! Es ist süß und schmeckt sehr lecker. Wenn es dir gefällt und du mir hier heraus helfen möchtest, so ist deine Hilfe sehr willkommen." Damit wandte er sich wieder der Treppe zu und begann erneut die Stufen hinauf zu steigen.

Sofort schien das Gefühl der Beobachtung nachzulassen. Trotz der möglicherweise in Aussicht stehenden Hilfe, atmete Dori erleichtert auf. Immer wieder sah er sich um. Einmal meinte er so etwas wie grauen Dunst weit hinter sich auf der Treppe ausmachen zu können, wie eine Unschärfe der Schatten. Doch als er stehen blieb und nach einem Wimpernschlag erneut einen Blick darauf richtete, war es verschwunden. Er musste es sich eingebildet haben.

Knapp eine Viertelstunde nach diesem Zwischenfall erreichte er den Durchgang zur fünften Ebene. Hier mussten sich Brami und Thala irgendwo aufhalten. Dieser Gedanke vertrieb den seltsamen Nebel aus seinen Erinnerungen. Nun benötigte er seine Aufmerksamkeit für andere Dinge. Der Durchgang führte auf einen Stollen hinaus, auf den größere Bereiche der Decke hinab gestürzt waren. Überall lagen Steinbrocken und Geröllhaufen in verschiedensten Größen. Die nächsten Minuten verbrachte er damit dem Schutt ausweichen oder ihn in einigen besonders hartnäckigen Fällen auch zu überklettern.

Eine Stelle war so eng, dass er den Rucksack abnehmen und vor sich herschieben musste. Aber dann lag er endlich vor ihm, der große Lager- und Versorgungsraum der fünften Ebene, die große Halle. Er erkannte sie schon vom Weiten und ließ vor Freude jede Vorsicht außer Acht. Ohne nach rechts oder links zu schauen, stürzte er aus dem Stollen und wäre beinahe in eines dieser fremden Wesen hinein gelaufen, das aus einem der anderen Seitengänge herausgetreten war.

Es schien ihn noch nicht bemerkt zu haben, doch Dori, der vor Schreck wie angewurzelt stehen geblieben war, konnte seine Beine nicht davon überzeugen umzudrehen und in den Stollen zurück zu laufen. Zu groß war seine Abneigung diesem Fremden seinen Rücken zu zuwenden. Er hob sein Kantholz, bereit zur Verteidigung.

Dem Fremden musste etwas aufgefallen sein. Er blieb stehen und betrachtete seine Umgebung argwöhnisch aus einer tief ins Gesicht gezogenen Kapuze heraus. Sein eingeschränktes Sichtfeld zwang ihn dazu, sich dafür einmal um die eigene Achse zu drehen.

In diesem Moment schoss ein grauer Nebel aus dem Gang mit dem Treppenschacht, hüllte Dori vollständig ein und zog ihn mit rasender Geschwindigkeit in den Stollen zurück, aus dem er gekommen war. Der Fremde drehte sich weiter, legte den Kopf schief und bemerkte nichts Ungewöhnliches. Er kam zu dem Schluss, dass er sich geirrt haben musste, zuckte mit merkwürdig verwachsenen Schultern und ging weiter seines Weges.

Kapitel 10: Thimakaron

Thala betätigte die Sperre und verharrte. Sein feines Gehör hatte etwas wahrgenommen. Geräusche erklangen im Gang. Sie kamen von der Halle her und näherten sich. Leise, aber deutlich. Licht erhellte den Stollen vor ihm. Weder das kalte Licht der Kristalle, noch das lebendige, tanzende Licht einer Fackel. Lumineszierender Nebel füllte den Gang und kam direkt auf ihn zu.

†

Seine Füße hingen in der Luft. Trotzdem bewegte er sich. Wie war das möglich? Dori zappelte und strampelte, aber der Nebel hielt ihn weiterhin fest umklammert. Er hatte keine Arme, trotzdem gab es für den Zwerg kein Entrinnen. Es waberte und wogte um ihn herum. Nur schemenhaft konnte er seine Umgebung ausmachen. Dieses Nebelwesen schien ihn den Blicken des Fremden entzogen zu haben und trug ihn nun in den Stollen zurück, aus dem er gekommen war. Er wollte nicht zurück. Er wollte zu seinen Freunden. Selbst eine Begegnung mit dem unheimlichen Fremden, hätte er dieser Entführung vorgezogen. Dori tobte.

Ganz plötzlich war er frei. Der Nebel setzte ihn im Gang ab und zog sich von ihm zurück. Er hatte ihn bis zu der Stelle getragen, an der Dori den Deckeneinsturz hatte überklettern müssen, genau außerhalb der Sicht eines jeden Wanderers, der die große Halle durchquerte. *„Jedoch nicht außer Hörweite!“*, beruhigte sich der vor Wut kochende Zwerg selbst.

Der Nebel schien sich aufzulösen, wurde immer kleiner, bis nur eine Faustgroße Dunstwolke übrig blieb, die sich kaum von der Umgebung abhob. Dori aber wusste nun, worauf er zu achten hatte und behielt die Wolke scharf im Auge. Nur einen großen Steinblock zwischen sich und dem Wesen, war er sich nicht ganz schlüssig, was er tun sollte. Was erwartete man von ihm? Sollte er einfach kehrt machen und in die Halle zurückkehren? Vielleicht würde er das Wesen damit verärgern. Seine Schläge und Tritte hatten es nicht aufhalten können, er sollte sich deshalb besser gut mit ihm stellen.

Die Entscheidung über das weitere Vorgehen wurde dem Zwerg abgenommen, denn der Nebel bewegte sich langsam auf den Zwerg zu, welcher vorsichtshalber zwei Schritte zurück wich und mit dem Rucksack an die Stollenwand stieß. Das Wölkchen stoppte exakt über der Steinplatte zwischen ihnen, senkte sich herab, waberte ein bisschen und begab sich wieder in ihre Ausgangsposition. Zurück blieb das immer noch verpackte Honigbonbon, das Dori auf die Treppe gelegt hatte. Der Zwerg betrachtete es eine Weile. Wusste das Wesen vielleicht nicht, was es damit anfangen sollte? Er richtete seinen Blick auf die Wolke, um beim Anflug eines geäußerten Unwillens schnellstens zurückweichen zu können, trat vor und streckte langsam die Hand nach dem Bonbon aus. Das Wölkchen schien leicht zu pulsieren, die im Inneren wabernden Nebel verdichteten sich.

Unsicher fasste der Zwerg zu. Er hob das Bonbon auf Augenhöhe, fasste beide Enden des Wachspapiers und zog. Das Papier entrollte sich und eine cremige, honiggelbe Masse wurde sichtbar. Das Pulsieren des Wölkchens wurde stärker.

Dori nahm die Leckerei zwischen Zeigefinger und Daumen, führte es zum Mund und machte demonstrativ Lutschbewegungen. Anschließend legte er Papier und Bonbon zurück auf den Stein. Das Pulsieren wurde nahezu hektisch. Dori wartete.

Die Wolke näherte sich erneut, umwaberte den Stein, doch nichts geschah. Dann wich es ein Stück zurück und der Zwerg konnte mit eigenen Augen und offenem Mund beobachten, wie sich ein Teil des Nebels verdichtete und zu einer Hand formte, die der seinen verdächtig ähnelte. Allerdings war sie völlig weiß. Sie griff nach dem Bonbon, hielt jedoch zögernd inne. Es fehlte ein Mund. Die Wolke schwoll an. Auf der Höhe, bei der sich bei Zwergen der Mund befand, bildeten sich weiße Lippen. Die Hand schob das Bonbon dazwischen, dann löste sich beides wieder in Dunst auf.

Dori folgte dem Vorgang fasziniert, denn nun verharrte das Wölkchen unbewegt in der Luft und zeigte keinerlei Reaktion mehr. „Das Bonbon ist gut, nicht wahr? Es ist meine liebste Sorte.", versuchte der Zwerg das Eis zu brechen.
„Guuuut!", flüsterte eine helle Stimme. Der Nebel verwandelte sich und Dori blieb der Atem weg.

Das seltsame Glitzern näherte sich weiter. Thala musste geblendet den Blick abwenden. Schützend hob er die Hände vor die Augen. Das rasche Tapsen eisenbeschlagener Stiefel näherte sich, dann wurde er auf Höhe seines Bauchnabels von zwei starken Armen umfasst und kräftig gedrückt. „Oh Mann, Thala, es tut echt gut dich wiederzusehen. Ich habe meinen Lieblingsbaumknutscher fast vermisst.", rief Dori ausgelassen und ungewohnt fröhlich. „Mbara, mach doch bitte das Licht aus, der arme Kerl erkennt ja nicht mal mehr seine engsten Freunde."
Der Raum verdunkelte sich, wieder allein durch die Kristalle erhellt. Thala sah sich blinzelnd um, entdeckte mit Freude den verloren geglaubten Freund und erstarrte beim Anblick von dem Mbara genannten Wesen. Es hatte die Größe und Gestalt eines Menschen oder Elben, bestand jedoch aus einer nebelhaften Substanz, wie er sie noch nie zuvor gesehen hatte. Es sei denn in dem Alchemielaboratorium seiner Schule, abgefüllt in Kolben. In dem Wesen waberte und wogte es, trotzdem hatte sie scharfe Konturen, jede Einzelheit ihres Körpers und ihrer Kleidung war erkennbar. Es hatte ebenmäßige ja fast hübsch zu nennende Züge, schulterlanges Haar und trug ein knielanges Kleid. Ein völlig normales

Mädchen von vielleicht fünfzehn oder sechzehn Jahren, nur das sie vollkommen weiß war und aus Rauch bestand.

Unbedacht streckte er die Hand nach ihr aus, doch das Mädchen wich hinter den Zwerg zurück, der ihr grade mal bis zum Bauch reichte. „Ich erkenne seine Art nicht.", sagte sie ein wenig verschüchtert Doris Kopf hinweg. Ihre Stimme war wohlklingend, ein leichtes Echo lag darin.
„DAS ist ein Elf und er heißt Thala. Er ist mein Freund! Wir haben auch noch ein Menschenmädchen bei uns, sie heißt Brami. Wo ist sie überhaupt?", suchend sah sich Dori um, als könne sie sich hinter vereinzelten Balken und Boden bedeckenden Gerümpel verstecken.
Thala schlug sich mit der flachen Hand gegen die Stirn und sofort war Mbara aus seinen Gedanken verschwunden. „Sie hängt noch auf der Rutsche. Los Dori, fass mit an. Wir müssen sie sofort wieder hinaufziehen. Ihr habt mich mit eurem Auftritt ganz aus dem Konzept gebracht. Beeilung!" Beide Jungen eilten zur Winde und kurbelten mit Leibeskräften bis wenige Augenblicke später Brami, blass aber wohlbehalten aus dem Loch in der Bodenplatte kletterte. Die Freunde umarmten sich, froh einander wiedergefunden zu haben.

Die beiden Mädchen betrachteten sich neugierig. „Wir sollten uns ein sicheres Plätzchen suchen, wo wir essen und ein wenig schlafen können.", schlug Dori vor. „Es war ein langer, anstrengender Tag. Ich bin zum Umfallen müde und könnte ein ausgewachsenes Cebiven verspeisen! Außerdem glaube ich, das Mbara und wir uns eine Menge zu erzählen haben, dass sollten wir nicht mitten auf der Hauptverkehrsstraße dieser Mine tun." Mbara, die die üblichen Wege der Fremden, die sich Gringars nannten, ausgekundschaftet hatte, führte sie durch die große Halle und dann in den Stollen mit den einzelnen Kammern.

Sie hatten bei ihrem ersten Besuch den Eindruck gewonnen, hier nur einige an einander gereihte Quartiere vor sich zu haben. Mbara aber zeigte ihnen, dass sich dort ein ganzer Komplex an Räumen befand. Schlafräume, Küchen, Lager, Werkstätten und Rüstkammern für Werkzeug und Waffen verbargen sich hinter der unscheinbaren Fassade. Mbara führte sie sicher an Brunnenschächten und Fallgruben vorbei, die zur Sicherung der Anlage gedient hatten. Sie berichtete ihnen, dass sich hier einst das Hauptquartier der Mine befunden hatte und einer der Rückzugsorte, sollte der Tafelberg je angegriffen werden.

In einem der hintersten Räume hielt Mbara an. Sie hatte gut gewählt. Er besaß eine noch intakte Holztür, die man von innen mit einem schweren Riegel sichern konnte. In einer Ecke stand ein kleiner Ofen, darüber ein Abzug, damit der Rauch nicht die Luft verpestete. Die drei Freunde waren begeistert und dankten dem Nebelmädchen sehr.

Sie verbarrikadierten die Tür und machten es sich gemütlich. Thala schlug einen maroden Stuhl zu Kleinholz und feuerte den Ofen an, nachdem er den Abzug kontrolliert hatte. Dori breitete die Decken aus, während Brami ihre nassen Sachen und das Zelt in einer Ecke zum Trocknen auslegte. Dann machten sie sich gemeinsam an die Zubereitung einer warmen Mahlzeit, der ersten an diesem Tag. Kartoffeln wurden geschält, Zwiebeln und Speck geschnitten und bald brutzelten die köstlichsten Bratkartoffeln in der Pfanne, die sie je in ihrem Leben gerochen hatten. Mbara sah dem Ganzen staunend zu. Vieles von dem, was die Jugendlichen taten war ihr völlig fremd und obwohl ihre Art nicht essen musste, nahm sie aus Neugierde gerne am Mahl teil. Sie fand es wunderbar! Alle Bestandteile hatten einen eigenen Geschmack. Faszinierend.

Als sie gegessen hatten und sich die Gürtel über ihren Bäuchen spannten, lehnten sie sich auf ihre Decken zurück und begannen zu erzählen. Sie berichteten vom Leben der Zwerge, Menschen und Elfen, aber auch das Wenige, was sie über die Goblins, Trolle und Orks auf Maldoron wussten. Mbara sog alle Informationen in sich auf und als sie geendet hatten, begann sie ihrerseits zu erzählen.

Mbara war eine Thimakaron. Thimakaron, die Lichtwesen, die Ersten, die Uralten, bestehend aus Licht und Rauch. Sie waren die ersten Geschöpfe Maldorons; zarte Versuche, bevor die ersten Rassen erschaffen wurden. Als die Völker entstanden und sich ausbreiteten, begannen die Thimakaron mit ihrem „lange Schlaf". Eine Begegnung zwischen den Ersten und den „Anderen" gab es nie, weshalb noch nicht einmal die ältesten Sagen von ihrer Existenz berichteten.

Die nur geringe Zahl an Wesenheiten, ganze fünfzig an der Zahl, kam tief im Sockel des damals unbewohnten Tafelbergs zusammen. In die unteren Steinsschichten zu gelangen stellte für sie keine Schwierigkeit dar, konnten sie sich doch durch feste Materie bewegen. Hier verbrachten sie die letzten Jahrhunderte im mehr oder weniger ungestörten Schlaf.

Die meisten Thimakaron waren alt und des langen Lebens müde, da es nichts Neues für sie zu entdecken gab, wie sie glaubten. Aber es gab zwei Wesenheiten unter ihnen, die wesentlich jünger waren als die anderen. Nachzügler, Kinder noch. Diese hatten nicht viel von Maldoron gesehen und wurden neugierig als die Zwerge begannen, den Berg zu erschließen. Im Halbschlaf registrierten sie, dass die kleinen, Stein meißelnden Gestalten keine Gefahr für ihr Volk darstellten und legten sich wieder zur Ruhe. Dies änderte sich jedoch als die Gringars in den Tafelberg einzogen und die von den Zwergen begonnen Stollen bis tief in das Fundament des Berges vorantrieben. Die beiden Wesenheiten erwachten und beobachteten argwöhnisch das Treiben der Neuankömmlinge. Sie mussten dies mit gebührendem Abstand tun, denn die Gedanken der Gringars waren unfreundlich, gehässig und brutal. Sie taten ihnen weh.

Die Thimakaron spürten, dass die Gringars begonnen hatten sich zu vermehren und ihre Sorge wuchs, denn sie konnten nichts dagegen tun. Diese Wesen bedeuteten Gefahr! Und so machten sich die beiden jungen Thimakaron auf den Weg die Alten zu wecken. Diese aber wollten nicht erwachen, sondern dämmerten weiter vor sich hin. „Das geht uns nichts an!", sagten sie und schliefen weiter.

Die jungen Thimakaron konnten aber nicht mehr schlafen. Das dringende Gefühl der Gefahr hielt sie wach. Sie konnten es aber auch nicht allein mit den Gringars aufnehmen und sie aus dem Berg vertreiben. Zwei waren zu wenig.

Da entdeckte Mbara Dori. Sie beobachtete ihn aus den Schatten heraus, bis sie sicher war, dass dieser zu der Art der Zwerge gehörte. Zwerge dachten an Stein, Kohle und Juwelen. Ihre Gedanken taten nicht weh.

„Können Thimakaron alle Gestalten annehmen, die sie wollen?", erkundigte sich Thala bei Mbara.
Sie lächelte. „Nein, unsere Form ist der Nebel, der Rauch und der Dunst. Wenn wir uns sehr konzentrieren, können wir ein scharfes Bild von uns wiedergeben, dann sehen wir so aus wie jetzt. Andere Gestalten wirklich annehmen können wir nicht aber wir sind in der Lage in der Nebelphase gewisse Details für kurze Zeit zu imitieren. Wenn sich Thimakaron verbergen wollen, leuchten sie nicht, sondern erscheinen lediglich als leichter Nebel, als Unschärfe im Sichtfeld des aufmerksamen Betrachters. Aber wenn wir wütend oder aufgeregt sind, strahlen wir blendend hell und wachsen zu enormer Größe an."

Die drei waren sprachlos, sie hatten an einem Tag zwei neue Rassen entdeckt, von denen noch nie jemand gehört hatte. *„Mal abgesehen von den Verschwörern.",* korrigierte sich Brami in Gedanken. *„Die kennen zumindest die Gringars nur zu gut. Ob ihnen bewusst ist, dass hier auch noch andere Wesen leben?"*

„Ich war ja so erleichtert, als ich Dori entdeckte. Er ist ein Zwerg, Zwerge kenne ich von früher. Ich habe sie gespürt, als dieses Bergwerk hier noch in Betrieb war. Sie denken an Erze und Stein, die Gringars jedoch nur an Gewalt und Vernichtung. Ich dachte mir, der Zwerg wird mir helfen und den Schrecken vertreiben, der sich unserer Heimat immer mehr bemächtigt und den Schlaf der Thimakaron stört. Ich wusste nicht, dass ihr ebenfalls nur Nachzügler seid und es nicht in eurer Macht liegt, die Gringars einfach zu verscheuchen.", sagte sie ein wenig enttäuscht. „Aber vielleicht schaffen wir es gemeinsam."

„Was tust du da? Wir wollten uns nicht zeigen! Wie konntest du das nur vergessen?" Ablehnung und Alarmbereitschaft lagen in der Stimme, die wie aus dem Nichts zu kommen schien und alle vor Schreck zusammenfahren ließ.
„Kuusch, sieh nur, endlich ist jemand gekommen. Sie sind nicht wie die, die sich Gringars nennen. Ein Zwerg ist unter ihnen, die Art der anderen habe ich zwar nie zuvor gespürt, aber sie haben gute Gedanken. Sie haben mir viele interessante Dinge über die Welt da draußen erzählt. Sie scheinen nicht gefährlich zu sein, sie können uns vielleicht helfen.", Mbara Stimme klang vor Aufregung und Zuversicht höher als zuvor, selbst ihre nebelhafte Gestalt wurde einen Hauch heller. Kuuschs gestaltlose Stimme schnaubte abfällig. „Alles und jeder ist gefährlich, auf seiner Art. Das ist eine allgemeingültige Regel und sie wird sich nicht geändert haben, in den vielen Jahrhunderten des Schlafs. Ich habe gehört was sie berichtet haben und es klingt nicht verlockend für mich, es klingt nach Chaos und Unordnung.", kam es altklug aus der Dunkelheit. „Was sollen diese drei gegen diese Ungeheuer ausrichten können, wer auch immer sie sind?"
Die drei Freunde sahen sich an. Thala zuckte mit den Schultern, während Brami die Augen verdrehte. In Dori jedoch gärte es. Schärfer als vielleicht beabsichtigt rief er in die Dunkelheit: „Wie wäre es, wenn du dich uns erst einmal zeigen würdest, wer auch immer DU bist. Dann könnten wir uns

einander vorstellen, wie es sich gehört. Ein Wölkchen Dunst, das kluge Reden schwingt können wir nicht gebrauchen. Zeig dich und wir können überlegen wie wir einander helfen können. Denn ja, auch wir brauchen Unterstützung. Wir wollen hier raus!"

Es folgte pikiertes Schweigen. Dann kam Bewegung in die Luft der Kammer. Eine zweite Nebelgestalt erschien. Es war ein junger Mann. Er war einen halben Kopf größer als Thala und ebenso nebelhaft weiß wie Mbara. Ebenso wie sie, hatte auch er feine Gesichtszüge, die ihm allerdings ein leicht hochnäsiges Aussehen gaben. „Mein Name lautet Kuusch!", sagte er und hob eine durchsichtige Augenbraue.

Mbara und Kuusch berichteten abwechselnd, und mehr beziehungsweise weniger begeistert, wie die Gringars vor vielen, vielen Monden in die Mine gekommen waren und begannen sich häuslich einzurichten. Immer wieder hatten sie beobachtet wie einige von ihnen die Mine verließen und bepackt mit Säcken und Kisten zurückgelehrt waren. Seit geraumer Zeit jedoch kamen sie nur noch vereinzelt oder zu zweit und trugen meist nur kleine Bündel bei sich. Der Rest hielt sich in den Tiefen unterhalb der östlichen sechsten Ebene auf, einem Gebiet von dem die beiden sich möglichst fern hielten. Irgendetwas schien dort vorzugehen.

„Wir alleine können da nicht viel ausrichten, in sofern hat Kuusch recht. Aber führt uns heraus aus dieser Mine und wir werden die Wache informieren. Sie werden diesen Gringars auf den Zahn fühlen, sie stellen ebenso eine Gefahr für die Stadt dar, wie für euch. Man wird gegen sie vorgehen. Ihr habt mein Wort darauf. Aber nun müssen wir erst einmal schlafen. Es war ein sehr anstrengender Tag für uns.", sagte Dori und gähnte. Mbara wirkte enttäuscht. „Wie viele Sonnenphasen schlaft ihr denn so?", fragte sie traurig und warf einen um Entschuldigung bittenden Blick auf Kuusch.

Thala schmunzelte. Die Thimakaron hatten eine seltsame Einstellung zurzeit. Sie maßen sie nicht in Minuten oder

Stunden, für sie zählte nur der Lauf der Planeten…und zwar im großen Rahmen. Mond- und Sonnenphasen waren ihnen ein Begriff, mit ihnen konnten sie rechnen. Sie wären sicherlich erstaunt darüber, dass die „neuen Völker" sogar Sekunden zählten. „Wir zählen unseren Schlaf in Stunden, nicht in Jahren." Die Thimakaron sahen sich fragend an.

„Der Mond umrundet Maldoron in einem Tag. Diesen Tag teilen wir vierundzwanzig gleich lange Stunden.", erläuterte der Elf. „Allerdings müssen wir jeden Tag mehrere Stunden schlafen. Meistens so zwischen sechs und acht Stunden, die einen weniger, die anderen mehr. Es wäre schön, wenn ihr uns in sieben Stunden wecken könntet, dann wagen wir einen Versuch aus diesem unheimlichen Gewölben heraus zu kommen.", erklärte Brami und rollte sich unter ihrer Decke zusammen, sobald sich die beiden Nebelwesen mit der Vereinbarung einverstanden erklärt hatten.

Die drei schliefen einen erholsamen, ungestörten Schlaf, während die Thimakaron über sie wachten. Die beiden hatten von Brami, Dori und Thala einen Haufen Informationen erhalten, über die sie nun nachdenken konnten. „Den Tag in Stücke hacken, was für ein neumodischer Kram. Auf so eine Idee können auch nur diese Barbaren kommen.", beklagte sich Kuusch. Aber irgendwie übten diese Neuigkeiten auch einen gewissen Reiz auf ihn aus. Was hatten diese Bunten wohl noch alles erfunden?

Am Morgen erwachten die drei ausgeruht und machten sich nach einem kurzen Frühstück auf den Weg. Sie verließen den alten Zwergenstützpunkt und kehrten in die große Halle zurück. Kuusch und Mbara wiesen ihnen den Weg zum Förderschacht, der sie ans Tageslicht zurückbringen würde. Thala und Brami gingen voran und betraten den bezeichneten Stollen, während Dori noch einige letzte Abschiedsworte fand. „Es ist also versprochen! Wir werden in die Stadt zurückkehren und die Wachen alarmieren. Mit ein bisschen Glück sind wir Morgen…" Aus dem Stollen erklangen Schreie. Dori fuhr gehetzt herum. Mbara und Kuusch verwandelten sich in ihre Nebelform.

Während Mbara den aufgeregten Zwerg mit ihrem Nebel umfing und mit ihm zurück zum Zwergenstützpunkt flüchtete, schwebte Kuusch eilig in Richtung der Schreie, um Brami und Thala beizustehen.

Kapitel 11: Gringars

Kuusch schwebte mit atemberaubender Geschwindigkeit um die Ecke des Stollens. Was für ein Desaster. Erst tauchten diese „Bunten" hier unaufgefordert auf, dann konnten sie noch nicht einmal helfen und jetzt brachten sie sich auch noch selbst in Schwierigkeiten. Kuusch rechnete seine Chancen durch, sie gingen gegen Null. Er konnte doch nicht die Existenz der Thimakaron preisgeben, nur um diese beiden zu retten.

Der Elfenjunge schlug nach allem was sich bewegte und das Mädchen schrie wie am Spieß. In den Pausen, die es zum Luftschnappen benötigte spuckte, biss und trat sie nach den Chitin bewehrten Beinen ihrer Gegenüber. Sie hatten nicht die geringste Chance, denn in ihrer Arglosigkeit waren sie gleich drei Gringars in die Arme gelaufen. Aber sie gaben ihr Bestes, das musste man ihnen lassen. Die Gringars hatten ihre geschulterten Bündel von sich geworfen und waren auf dem besten Wege die beiden zu schnappen. Das Mädchen riss einem der Wesen die Kapuze vom Kopf und erstarrte bei dem schrecklichen Anblick, der sich ihr daraufhin bot. Man konnte es ihr nicht verdenken. Ein ovales, zum Kinn hin spitz zulaufendes Gesicht, geprägt von einer platten Nase und zwei übergroßen schwarzen Augen wurde sichtbar. Nun zumindest war klar, warum die Gringars versuchten ihr Äußeres zu verbergen, sie sahen aus wie einer Mischung aus Ameise und Mensch. Ein zweiter Gringar näherte sich von hinten und drückte ihr einen Lappen ins Gesicht. Brami röchelte, verdrehte die Augen und sackte in sich zusammen.

Thala rang mit einem dritten Wesen und machte ähnlich erschütternde Erfahrungen. Der Gringar war fast zwanzig Zentimeter kleiner als er aber sein Oberkörper war extrem breit, wie der eines Ochsen. Thala versuchte ihn zu umfassen und Richtung Förderstollen zu ziehen, doch es gelang ihm nicht. Sein Griff rutschte ab und er zerriss dem Wesen Untergewand und Umhang. Seine Augen weiteten sich als er die zusammengefalteten, ledrigen Flügel erblickte, die aus dem Rücken des Gringars sprossen. Eines der kurzen, muskulösen Beine, die der Gestalt dieses gedrungene Aussehen gaben, holte aus und versetzte Thala einen schmerzhaften Tritt.

Die beiden anderen Wesen, die die Zeit genutzt hatten Brami zu verschnüren, fielen nun von hinten über den Elfen her. Auch ihm wurde ein dreckiger Lappen ins Gesicht gedrückt. Ehe man sich versah, lag er besinnungslos und gefesselt neben dem Mädchen. Eine klickende, schabende Stimme erklang boshaft über den beiden Unglücklichen: „Nun kommt die Beute schon zu uns. Wie angenehm. Los, rauf auf die Schultern mit ihnen. Wir bringen sie zu Yur. Soll der Älteste entscheiden, was mit ihnen passiert." Die beiden Angesprochenen maulten leise. Einer von ihnen bückte sich nach den fortgeworfenen Bündeln, doch die schnarrende Stimme erhob sich erneut. „Lass das, du Tölpel. Wir können das später einsammeln. Hast du keinen Verstand?" Das Gesicht des Gringars verzog sich wütend, dann zuckte er mit den Achseln, warf sich die schwere Last ohne große Schwierigkeiten über die Schulter und marschierte los.

Panisch wich Kuusch zurück, als die Karawane auf ihn zukam. So schnell er konnte kehrte er zu Dori und Mbara zurück und berichtete aufgeregt was er gesehen hatte. Dori war fassungslos, schon wieder hatte er seine Freunde verloren. Er hockte sich auf einen Stein und ließ den Kopf hängen. „Was willst du jetzt tun?", fragte Mbara mitfühlend und legte ihm die weiße Hand auf die Schulter. „Ich weiß es nicht. Alleine schaffe ich es nie zurück nach Vuswal. Die Chance sie alleine zu retten und gegen diese Schaben zu kämpfen geht ebenfalls gegen Null. Aber einfach hierbleiben und nichts tun kann ich auch nicht. Ich weiß nicht was ich tun soll.", resigniert schüttelte er den Kopf. Mbara und Kuusch tauschten einen vielsagenden Blick. „Vielleicht sollten wir es noch einmal bei den Ältesten versuchen.", schlug Kuusch beklommen vor. In ihm keimte ein ungewöhnliches Gefühl auf: schlechtes Gewissen. Diese drei hatten helfen wollen und er hatte nichts unternommen, um sie zu retten. „Wenn sie sehen, dass wir in Not sind, werden sie vielleicht helfen." Seine Stimme klang nicht sehr hoffnungsvoll, aber sie zeigte zumindest eine Option auf, an die Dori noch nicht gedacht hatte. Sein Kopf fuhr hoch und Eifer strahlte in seinen Augen. „Dann lasst uns gehen."

Was nun folgte war keine angenehme Erfahrung für Dori. Wie gewohnt umgab ihn Mbara mit ihrer Nebelgestalt. Er wurde leicht angehoben und machte sich auf eine weitere Reise durch die Gänge der Mine bereit, doch dann wandte sich Mbara der Felswand zu und glitt ohne Vorwarnung in sie hinein. Um den Zwerg wurde es schwarz. Panik kam in ihm auf. Das hatte er am allerwenigsten erwartet. Wer konnte schon damit rechnen, dass Mbara und Kuusch durch Wände gehen konnten, geschweige denn von ganzen Gesteinsmassen. Ihm fiel ein, dass die beiden etwas in der Art erwähnt hatten, als sie alle fünf zusammen im Hauptquartier der Minenzwerge gesessen hatten, doch er hatte diesem Teil des Gespräch keine Beachtung beigemessen. Ja, es sogar für Angabe gehalten. Er war schockiert.

Hin und wieder blitzte kurz kristallines Licht auf, wenn die Thimakaron Gänge und Hallen mit einer Geschwindigkeit kreuzten die dem Zwerg schlicht den Atem nahm. Dann jedoch wurde es endgültig schwarz um ihn, keine Gänge, keine Hallen lagen mehr auf ihrem Weg. Sie waren in den unberührten Teil des Tafelberges vorgedrungen. Er hatte das Gefühl auf der Stelle zu stehen, umgeben von Tonnen von Gestein. Kein Windhauch traf ihn. Er hörte nichts, er sah nichts. Die Minuten wurden für ihn zu Stunden. Er bekam Angst ihm würde die Luft ausgehen. Beklemmung lag auf seiner Brust. Hastig knöpfte er sich den Hemdkragen auf, doch das Gefühl blieb. Dori versuchte sich Mut zuzureden. Die Thimakaron hatten keine Veranlassung ihn umzubringen, sagte er sich. Allerdings kannte er sie erst wenige Stunden, woher sollte er wissen, dass sie ihm wirklich freundlich gesinnt waren. Er hatte ihnen keine

Hilfe sein können und vielleicht wollten sie sich einfach seiner entledigen. Oder sie wussten einfach nicht, dass Zwerge Luft zum Atmen benötigen. Die Thimakaron und die jüngeren Völker waren so unterschiedlich, dass sie ihn vielleicht aus Versehen umbrachten. Diese und ähnliche Gedanken gingen ihm durch den Kopf, während sich Kuusch und Mbara den Wurzeln des Berges näherten.

Urplötzlich tat sich vor Dori eine Halle auf, wie er sie noch nie zuvor gesehen hatte. Der Boden war glatt wie Glas, das konnte er gleich ausprobieren, da Mbara ihn darauf absetzte. Wie poliert und schimmernd lag er vollkommen eben unter ihm. Die Halle war weit aber nicht riesig. Ihre Decke wölbte sich in einem perfekten Halbkreis über dem Boden. Wände im eigentlichen Sinne gab es nicht, lediglich dieses Gewölbe. Im Gestein waren unzählige Kristalle eingelassen, die in allen Farben des Multiversums pulsierten. Die meisten von ihnen nur blass und dunkel, lediglich die hellblauen und dunkelblauen Kristalle strahlten und spendeten genug Licht um Dori all die Details erblicken zu lassen. Ihr Glanz spiegelte sich im Boden wider und gab die Sicht frei auf die anderen Thimakaron. Teils in ihrer scharfen Gestalt, teils in Form von nebulösen Wolken, reihten sie sich um einen großen schwarzen Kristall, der die Mitte des Raumes einnahm. Immer in Zehnerreihen um ihn angeordnet schwebten sie auf halber Höhe der Halle, so dass Dori mit Leichtigkeit unter ihnen hindurch spazieren konnte. Zwei Plätze in der Symmetrie waren frei, hier mussten einst Kuusch und Mbara geschlafen haben. Staunend wanderte Dori umher und besah sich dieses Wunder, während hinter ihm die beiden jungen Thimakaron Rat hielten.

„Sollen wir es noch einmal bei Nuvira versuchen?", fragte Kuusch skeptisch und beäugte eine Nebelwolke im äußeren Kreis.
Mbara schüttelte energisch den Kopf. „Nein, sie ist zu alt und hat kein Interesse mehr an dieser Welt. Sie war klar und deutlich. Sie wird nicht helfen."

„Vielleicht macht ein weiterer Versuch sie wütend genug, um zu erwachen?", er rieb sich heftig das durchsichtige Kinn.
„Wir haben Dori bei uns. Wenn wir sie zu wütend machen, wird sie pulsieren und das bringt ihn um. Lass es uns bei Lumaris versuchen. Er ist jünger und hat vielleicht Verständnis für uns." Mbara schwebte die Reihen entlang auf einen großen, schlanken Thimakaron zu.
„Lumaris, wach auf. Wir brauchen deine Hilfe. Unsere Welt ist in Gefahr. Fremde Wesen graben sich immer näher an unseren Hort heran und sie sind böse." Energisch zupfte Mbara an einer weißen, knöchellangen Kutte. „Sie haben Freunde von uns gefangen genommen. Lumaris! Wach auf!"
Neben Dori, der dem Ganzen stumm folgte, glomm auf einmal ein sonnengelber Kristall auf. Nicht so hell wie die blauen Kristalle, aber das schwächliche Flackern wurde intensiver. Erschrocken machte er einen Satz zur Seite. Der Zwerg schnaubte zweimal heftig, dann trieb ihn die Neugier wieder voran. *„So ist das also!"* dachte der Zwerg bei sich. *„Je wacher, desto heller."* Staunend betrachtete er das Funkeln des schön geschliffen Steins. Dori hob die Hand und klopfte zaghaft mit dem Fingerknöchel daran.

„Wer stört meine Ruhe?", donnerte eine Stimme durch die Halle und ließ Dori, wie auch die beiden Thimakaron zusammenfahren. Echos sprangen hin und her. Überlagerten sich und vergingen. Mbara atmete tief ein und wappnete sich. „Lumaris, wir sind es. Kuusch und Mbara. Wir haben einen Zwerg bei uns. Wie ich bereits sagte: Wir sind in Not. Freunde von uns wurden von Wesen gefangen genommen, die sich Gringars nennen." Sie schnappte nach Luft, so hastig hatte sie gesprochen. „Ihre Gedanken sind übel, sie erzählen von Mord, Tod und Folter. Sie graben sich tief in den Fels und kommen unserem Hort immer näher. Wir müssen ihnen entgegen treten und unsere Freunde retten. Bitte hilf!", flehte Mbara eindringlich.
„Legt euch schlafen. Uns kann nichts geschehen.", die gelben Kristalle flackerten.

„Unsere Freunde werden vielleicht sterben. Und woher weißt du so sicher, dass uns nichts geschehen kann? Wollt ihr warten, bis sie hier eindringen? Wollt ihr euch abschlachten lassen?", erboste sich Kuusch.

„Das geht uns nichts an. Unsere Zeit auf Maldoron ist vorbei. Wir werden hier bleiben und warten, bis die Götter uns den weiteren Weg weisen!"

„Die Götter sind verschwunden!", rief nun Dori. Er zitterte vor Wut und Hilflosigkeit. „Seit über zweihundert Jahren hat niemand mehr etwas von ihnen gehört oder gesehen. Die Welt liegt im Krieg und ihr baumelt hier rum und tut nichts? Wer gibt euch das Recht uns eure Hilfe zu verweigern? Auch ihr seid Kinder der Götter. Ihr besitzt Kräfte, die die jüngeren Völker nicht besitzen. Ihr könnt meine Freunde retten, ihr könnt vielleicht sogar Maldoron retten."

Die gelben Kristalle leuchteten heller. „Du verstehst das nicht, Winzling. Du bist einer von den „Anderen", ein kurzlebiger Beutel aus Wasser, umgeben von einer dünnen Membran, die ihr Haut nennt. Ich habe Wesen wie dich gespürt, als sie hier im Berg herumgekrabbelt sind wie Ungeziefer. Haben am Stein genagt und sind daran zerbrochen. Inwiefern seid ihr besser, als diese … Gringars? Wer oder was auch immer sie sind? Mit welchem Recht forderst du Hilfe für dich ein? Warum sollten wir nicht den anderen helfen?"

„Die Gringars sind böse Lumaris! Ihre Gedanken tun uns weh.", warf Mbara ein. „Vertraue auf unsere Worte."

„Ihr seid jung. Mbara und Kuusch, jung an Jahren. Der Wasserbeutel ist von einer jungen Rasse. Ihr habt nicht die Erfahrungen, die es benötigt, um solche Entscheidungen zu treffen. Ihr müsst die Folgen bedenken, die unser Eingreifen haben könnte. Nicht über Jahre, sondern über die Jahrhunderte gesehen. Wer weiß schon, was die Götter im Sinn haben.", sprach Lumaris mit immer leiser werdender Stimme.

„Ich bin kein Wasserbeutel. Ich bin Dori, der Zwerg. Und du bist ein hochnäsiger, affektierter Haufen Nebel, zu träge um anderen in der Not beizustehen. Es würde dir gut tun, einmal aufgerüttelt zu werden.", schrie Dori den Thimakaron an.

„Deine Meinung ist für uns nicht von Belang!". Lumaris' Stimme war nur noch ein Flüstern. Die Kristalle wurden dunkler und verloschen.

„Es hat keinen Sinn!", sagte Kuusch enttäuscht. „Sie verstehen es nicht. Sie sind zu festgefahren in dem Gedanken, dass unsere Zeit vorbei ist. Sie sind nicht mehr neugierig auf die Welt. Ich fürchte mit unserer Rasse geht es tatsächlich zu Ende." Er seufzte schwer.

Dori stupste Kuusch tröstend am Ellenbogen. „Dann werden wir es eben ohne sie schaffen müssen. Niemand kann euch zwingen hier herumzuhängen und tatenlos zuzusehen. Ihr könnt selbst entscheiden ob ihr uns helfen wollt oder nicht, Und wenn wir Brami und Thala gerettet haben, dann reden wir mit dem König. Ihm wird sicher etwas einfallen! Vielleicht könnt ihr in Vuswal leben... Nun sollten wir aber dringend nach Brami und Thala sehen, ich mache mir Sorgen um sie."

Dieses Mal war Dori gewappnet und geriet nicht in Angst und Schrecken als Mbara ihn mit ihrem Nebel umfing und durch die finstere Nacht des Felsens transportierte. Die Thimakaron führten den Zwerg zu einer großen Halle, in dessen Wände wabenförmige Höhlen getrieben worden waren, das Lager der Gringars. In der Mitte der Halle befand sich ein flackerndes Feuer, dessen Knistern unheimlich von den Wänden widerhallte. Im hinteren Teil sahen sie Unmengen an Vorräten Waffen und Material, Stapel voller Kisten und wahre Berge von Kleidungsstücken und Stiefeln. Wollte man hier eine ganze Armee ausstatten?

„Weiter als bis hier gehen wir nicht in ihr Territorium hinein. Ihre Gedanken haben einen bösen Geschmack, wir werden krank davon.", flüsterte Kuusch.

Von ihrem Versteck aus, einem Abraumhaufen der vielleicht beim Bau der wabenförmigen Höhlen entstanden sein mochte, konnten sie den Lagerplatz der Gringars gut einsehen. Um das Lagerfeuer herum hatten sie einige aus Stützbalken grob zusammen gezimmerte Bänke platziert. Auf einer von ihnen saßen Brami und Thala. Sie waren wieder bei Sinnen und vor Schreck ganz weiß um die Nasen. Sie schienen erst vor einigen Augenblicken angekommen zu sein und man hatte sie bislang noch nicht angetastet. Doch das konnte sich nun schlagartig ändern, denn der Anführer der kleinen Gringartruppe rief in die Dunkelheit der Waben hinein. Aus dem hinteren Teil der Halle näherte sich ein vierter Gringar, größer und breiter als die anderen. Das kleine Grüppchen Gringars wich ergeben zurück. Der selbsterkorene Sprecher katzbuckelte tief vor dem Neuankömmling. Seine Rede war schmeichlerisch und troff vor Eifer zu gefallen. „Sieh, was wir gefunden haben, Ältester Yur. Ein Elf und ein Mensch. Sie stöberten in der Sternenhalle auf der fünften Ebene herum. Sag uns, was soll mit ihnen geschehen?"

Der geringschätzende Blick des großen Gringar traf zuerst Brami und Thala, dann den unterwürfigen Mitgringar. Seine Stimme wurde von einem Zischen begleitet als er letzteren anfuhr. „Und euch Helden fällt nichts anderes ein, als die Spione unserer Feinde in die eigene Lagerstatt zu führen? Ihr hättet sie in den nächsten Schacht werfen sollen, statt diesen Ballast mit hierher zu bringen. Dir, Zaart hätte ich mehr Grips zugetraut."

Der Schleimer, der bei der Erwähnung seines Namens überrascht zusammenfuhr, verbeugte sich noch tiefer. Seine platte Nase berührte fast den unebenen Boden während er noch schmieriger erwiderte: „Verzeih, Ältester Yur! Wir nutzlosen Spätschlüpfer dachten uns nur, dass allein du die eine oder andere Information aus ihnen herauskitzeln könntest. Wir wollten nicht über dein Haupt hinweg entscheiden, denn die Königin würde sich sicherlich erkenntlich zeigen, sollten die Flügellosen Neuigkeiten aus der Stadt bringen."

Es folgte eine strategische Pause, in der er das Gesagte sacken ließ. Sein Gesicht bekam einen listigen Ausdruck, während er fortfuhr. „Aber wir Unwürdigen werden unseren Fehler natürlich sofort korrigieren, wenn dies deinem Wunsch entspricht. Wir werden die beiden den Förderschacht hinab

werfen, das wird weitere Neugierige und mögliche Spione abschrecken. Kujon! Hartflett! Schnappt sie euch!"
Die beiden Gringars, die sich bis zu diesem Moment verschüchtert im Hintergrund herum gedrückt hatten, schoben sich widerstrebend an Zaart und Yur vorbei und streckten ihre knochigen Finger nach den Freunden aus.
Der Älteste schien alarmiert. „Nein, wartet!", sagte er hastig.
„Gar nicht so dumm, was du da sagst, Zaart." Seine übergroße Pranke fuhr unter seine Kapuze und strich sich über das spitze Kinn. „Womöglich sind sie nur eine Vorhut. Ich sollte es tatsächlich untersuchen." Er nickte im stummen Gedankenspiel mit sich selbst und bedachte seine Artgenossen lediglich mit einer abfälligen Handbewegung. „Gut gemacht", erklang es halblaut aus der Kapuze. Er drehte sich den beiden Freunden zu und nahm nicht mehr wahr, wie Zaart mit verstohlenem Lächeln und zahlreichen Verbeugungen mehrere Meter zurück wich.

Yur war zwei Köpfe größer als seine Nestgenossen, sein Brustkorb war breit gebaut. Als er an das Lagerfeuer herantrat, veranlasste dies Kujon und Hartflett demütig den Kopf zu senken und ihm aus dem Weg zu treten. Der Älteste rieb seine sehnigen Hände über den Flammen und starrte zu Brami und Thala hinüber. Seine Handbewegungen erzeugten ein widerlich schabendes Geräusch, welches entfernt an Fingernägel erinnerte, die über eine Schiefertafel gezogen wurden. Thala drehte erschaudernd den Kopf zur Seite. Der aus der Ferne zusehende Dori konnte sich lebhaft vorstellen, wie sehr es dem guten Gehör des Elfen zusetzen musste.
„Das magst du nicht, was Spitzohr?" grölte Yur höhnisch. „Das ist gut, denn nun weiß ich, was ich tun muss, wenn ich die Antworten nicht erhalte, die ich hören will." Thala schnitt eine unwillige Grimasse. „Doch zunächst werde ich mich mit deiner Freundin hier unterhalten." Er sprang mit einem Satz auf Brami zu, zog ihr mit einem brutalen Ruck den Kopf in den Nacken und setzte ihr ein Messer an die Kehle. „Sprich, Mensch! Wer bist du und was willst du in dieser Mine?"

Bramis Augen wurden tellergroß und das Schlucken fiel ihr sichtlich schwer. Sie zitterte so sehr, dass Dori hoffte, sie würde sich damit nicht selbst den Hals aufschlitzen. Der Zwerg kaute auf den Fingernägeln und konnte den Blick nicht von der schaurigen Szene abwenden.

Yur drückte ein wenig fester zu und Brami begann stockend zu sprechen. „Mein Name ist Subramey, ich stamme aus Zifahan und bin zu Besuch in Vuswal. Meine Freunde und ich wollten den Tafelberg erkunden und wurden von einem Unwetter überrascht. Seitdem versuchen wir die Mine wieder zu verlassen. Wir haben uns verlaufen. Es ist alles so schrecklich verwirrend." Einige dicke Tränen liefen über Bramis Wange und bahnten sich einen Weg durch Staub und Dreck. „Wir wollten nichts Böses. Wir wollen einfach nur heim! Kannst du uns den Weg hinaus zeigen?" In ihren Augen lag ein Flehen, das Yur irritiert zurück weichen ließ. Einen Moment starrte er das Mädchen an, dann brüllte er: „Zaart, was soll das?" „Sie lügt, Ältester!", erklang es unterwürfig aus dem Hintergrund. Yur zögerte weiterhin, sein Blick schwang verwirrt zwischen seinem Nestgenossen und dem Mädchen hin und her. Zaart grunzte widerwillig. „Nun, wie du meinst. Schick sie fort. Was wird die Königin dazu sagen, wenn ihr jemand von dem Vorfall berichtet?" Im gleichen Moment wie er dies aussprach, wusste er, dass er dieses Mal zu weit gegangen war. Er wollte sich ducken. Doch zu spät. Der schmetternde Schlag Yurs traf ihn gegen die Brust und ließ jeglichen Atem daraus entweichen. Verdammt, war der Kerl schnell.

„Willst du mir drohen, du Wurm?", dröhnte es über ihm. Krampfhaft schnappte Zaart nach Luft, röchelte er wenig lauter als notwendig und versuchte den Ältesten in Sicherheit zu wiegen. Vorsorglich blieb er auf dem Boden liegen, so wie ihn der mächtige Schlag niedergestreckt hatte. Abwehrend und zugleich bittend hob er die Hände. „Ältester Yur! Bitte!" Er hustete Mitleid erregend und ließ seine Stimme noch ein wenig kläglicher werden. „Niemals würde ich euch drohen oder gar in den Rücken fallen wollen. Doch die Wände hier haben Ohren. Ich bin euch zutiefst ergeben, doch das trifft nicht auf alle zu." Sein Blick glitt zu Kujon und Hartflett hinüber, die sich das Schauspiel unbeteiligt aus sicherer Entfernung ansahen.

Yur folgte seinem Blick und schnaubte verächtlich.

„Ich versichere euch, Ältester!", begann Zaart erneut. „Das Mädchen lügt. Sie und ihre Freunde treiben sich nicht umsonst in der alten Mine herum. Schorli hat oben Schilder aufstellen lassen, niemand würde die Mine ohne Grund betreten. Sie sind hinter uns her." Seine Stimme wurde immer eifriger. „Die Königin wird hoch erfreut sein, wenn du ihr die Spione und ihre Pläne bringst. Vielleicht lässt sie sich sogar zu einem etwas greifbareren Dank hinreißen.", fügte er verschmitzt hinzu.

Yurs Gedanken schweiften kurz ab und die dunklen Augen unter der Kapuze leuchteten lüstern auf. Er wandte sich den Gefangenen zu und in seinem Rücken begann Zaart breit zu grinsen.

„Spar dir deine Tränen, Mädchen!", brüllte der Älteste Brami an und griff erneut nach ihr, um sie heftig zu schütteln. „Lüg mich nicht noch einmal an, sonst ist es um dich geschehen." Thala wollte aufspringen, doch das Mädchen warf ihm einen scharfen Blick zu. „Ist ja schon gut. Ist ja schon gut!", schrie sie dem Gringar wütend entgegen. „Ich sag ja alles!"

Kapitel 12: Der Weg zur Königin

Dori sackte die Kinnlade herunter, Mbara zuckte erschreckt zusammen und Kuusch zischte leise Verwünschungen. Würde Brami den Feinden von den Alten berichten? War nun die gesamte Rasse der Thimakaron in Gefahr vernichtet zu werden?

Bramis Gedanken überschlugen sich. Sicher, sie hatte Angst, fürchterliche Angst sogar. Aber der Schock war vorbei. Der Schock von diesen fürchterlichen Wesen gefangen genommen zu werden; der Schock gefesselt zu erwachen, Thala an ihrer Seite, ebenso verschnürt wie sie selbst. Auch vergaß sie den muskelbepackten Ältesten vor sich keineswegs. Das Messer, das eben noch ihre Kehle geritzt hatte und sich immer noch in Yurs linker Hand befand, noch viel weniger. Aber noch hatte sie eine Chance, eine einzige Chance ihr aller Leben zu retten…ihr Mund öffnete sich.
„Ich heiße Bramira", begann sie und legte alle Selbstsicherheit und Arroganz in ihre Stimme, die sie aufbringen konnte.
„Spion des zwergischen Geheimdienstes. Mein Kollege Thallakion und ich gehen den Hinweisen nach, welche uns Frau Schorli vor einigen Tagen freundlicherweise zur Verfügung gestellt hat." Brami klang nun geschäftsmäßig, als zähle sie einem noch unentschlossenen Käufer die klar offensichtlichen Vorteile ihrer Ware auf. „Die ehrenwerte Dame kam ganz aufgelöst zu den Vuswaler Behörden und machte diese auf Unregelmäßigkeiten in diesen Örtlichkeiten hier aufmerksam. Sie sah ihren persönlichen Besitz in Gefahr und bat um Hilfe. Selbstverständlich wurde die arme Frau sofort in Schutzhaft genommen bis die Angelegenheit aufgeklärt ist. Vor einigen Tagen nun äußerte sie die Vermutung, dass die Beutelschneider, die Vuswal in letzter Zeit unsicher machten, in dieser Mine zu finden seien könnten.", sprach sie und ließ den Blick mit Kennermiene durch die Halle gleiten.
Yur zuckte zurück und starrte sie ungläubig aus seiner Kapuze

heraus an.

Brami sprach immer schneller, prügelte mit Worten weiter auf die Gringars ein. Thala folgte dem Ganzen im ersten Moment irritiert, fasste sich jedoch schnell und spielte mit. Sein Gesicht wandelte sich zu einer der berüchtigten Mienen seiner Kinderfrau Isama, die sie für besonders widerwärtige Verstöße gegen ihren persönlichen Moralkodex reserviert hatte. Brami wurde immer blumiger in ihren Ausschmückungen, wohingegen die messerbewehrte Hand des Ältesten merklich zu zittern begann.

„Geben Sie sich keinen falschen Vorstellungen hin.", dozierte sie nun. „Wir sind lediglich die Vorhut und sollen den besten Weg zu eurem Lager auskundschaften. Wofür wir Ihren Spießgesellen übrigens sehr verbunden sind. Das Scheingefecht mit ihnen war sehr amüsant und der direkt eingeschlagene Weg in Ihre… Räuberhöhle", sie spuckte das Wort mit aller Herablassung aus. „hat uns die Arbeit sehr erleichtert. Ja, es hat uns Stunden der mühseligen Suche in diesem Labyrinth erspart."

Yur war ein weiteres Stück zurückgewichen und schien sich dazu zwingen zu müssen nicht endgültig die Fassung zu verlieren. Sein Blick huschte immer wieder zu Zaart hinüber, als erwarte er einen hilfreichen Hinweis aus dieser Richtung, doch sein Nestbruder verhielt sich erstaunlich still. Ihm kam ein Gedanke und er straffte sich. „Du lügst schon wieder. Schorli ist schon seit Wochen in Haft und nichts ist passiert. Ausserdem: man hätte uns gewarnt!", versuchte der Gringar die Initiative zurück zu gewinnen.

Das Mädchen schnalzte abfällig. „Frau Schorli befindet sich in SCHUTZHAFT. Überfallene Karawanen, leer geräumte Lagerhäuser, ihre Tochter beinahe entführt…wir mussten sie in Sicherheit bringen." Brami beschloss ihre Lügengeschichte mit ein wenig Wahrheit zu garnieren. „Und was die Warnungen durch eure Spießgesellen angeht: Lanier und Quint sind kalt gestellt. Sie haben sich mit einem dilettantischen

Erpressungsversuch an Frau Schorli selbst ans Messer geliefert. Kein Wunder, dass sich die arme Frau an uns wandte, soviel Unglück wie ihr in letzter Zeit zustieß." Brami seufzte vor gespieltem Mitgefühl.

Yur hingegen schnappte hörbar nach Luft und wich so weit zurück, dass die Schöße seines Überwurfs Feuer zu fangen drohten. „Lanier war heute noch bei uns." In seiner Stimme klang Entsetzen mit.

Thala nickte wissend und übernahm nun das weitere Gespräch. „So, die beiden stecken also wirklich mit Ihnen unter einer Decke! Wir danken Ihnen für diese Bestätigung. Dies wird sich günstig für Sie auszahlen. Sie sehen also, wir sind durchaus bereit Gnade walten zu lassen, wenn Sie mit uns zusammenarbeiten." Sein Gesicht zeigte nun die wohlwollende Güte eines Oberstudienrats, der einem minderbemitteltem Sextaner die annähernd richtige Summe aus 1+1 abgerungen hatte. „Darf ich Ihnen nun empfehlen uns loszubinden und sich zu ergeben. Sie haben nicht die geringste Chance, diesen Ort anders als unter Arrest zu verlassen." Er legte eine Kunstpause ein und wartete die Reaktion der Schuppenwesen ab.

Der Älteste stand am Feuer als sei er aus Stein gemeißelt. „Schorli! Sie hat uns verraten?"

„Sei still!" Zaart zischte böse. „Das ist alles Unfug. Wir haben heute noch mit Quint gesprochen. Rein gar nichts machte den Eindruck, als sei man uns auf der Spur."

„Seien Sie doch vernünftig.", begann Thala erneut, doch ihm war klar, dass es nicht mehr lange dauern konnte, bis das Kartenhaus ihrer Geschichten in sich zusammen und die Gringars über sie her fallen würden. „Dort draußen steht ein Einsatzteam aus fähigen Leuten, bereit uns hier heraus zu holen. Sie werden kurzen Prozess mit Ihnen machen, wenn Sie nicht einsichtig sind. Ihr Anführer ist der berüchtigte Dori Hammerfest, ein guter Freund meinerseits, wenn ich das so sagen darf. Er wird sie vernichten, wenn Sie uns auch nur ein Haar krümmen."

„Hör auf mit diesem geschwollenen Geschwafel, du Lümmel.",
fauchte Zaart und versuchte an Yur vorbei auf die beiden
zuzurauschen.
„RUHE!!", brüllte der Älteste. Er rieb sich den Kopf.

Dori zuckte bei der Nennung seines Namens zusammen. Das
war ein Zeichen. Er musste etwas tun. Doch was?
Er drehte sich vom Geschehen fort und flüsterte den beiden
Thimakaron aufgeregt zu. „Wir müssen etwas unternehmen!
Irgendetwas, das die Gringars in Angst versetzt. Wir müssen
sie aufscheuchen und davon abhalten über Brami und Thala
herzufallen." Mbara und Kuusch sahen ihn fragend an. Dori
verdrehte die Augen. „Schnell, bevor der Große mit dem
Denken fertig wird. Ihr kennt euch hier am Besten aus. Können
wir einen Erdrutsch auslösen oder soviel Krach machen, dass
diese Gestalten dort annehmen müssen, dass eine Armee
anrückt? Helft mir doch!", schloss er verzweifelt.

Yur stand immer noch am Feuer. Sein Blick kreiste immer
wieder zwischen Brami und Thala, Zaart und seinem Messer
hin und her. „Und so was nennt sich Ältester!", keifte Zaart.
„Du bist es nicht wert weiterhin Nestbruder genannt zu werden,
wenn du dich nicht endlich dazu durchringst das zu tun was du
tun musst." Yur zögerte immer noch. Zaart stürzte sich auf die
Hand seines Bruders und versuchte ihm das Messer zu
entwinden, doch dieser wehrte ihn mit einem Ellbogenschlag
ab. Für einen weiteren kurzen Moment sah er ratlos aus, doch
dann rang er sich zu einer Entscheidung durch. Mit dem
Messer voraus kam er zielstrebig auf die beiden Gefesselten zu.

Dori, der wieder hinter dem Gestein hervor spähte und
verzweifelt nachdachte, sah aus den Augenwinkeln wie sich
Mbara neben ihm in Nebel auflöste. Er wandte entsetzt den
Kopf in ihre Richtung und sah wie eine kleine Wolke ihr
Versteck verließ und davon schwebte. Beinahe hätte er ihr
seine Wut und Enttäuschung hinterher gerufen, doch damit
hätte er niemandem einen Gefallen getan. Krampfhaft mäßigte

er seinen Unmut. Sollte sie sich doch davon machen. Wenn das ihr Verständnis von Freundschaft war, Kumpel in der Not zurück zu lassen, dann sollte sie ruhig verschwinden. Schweiß und die Schauer des Entsetzens hinterließen Spuren auf seinem Gesicht.

Kuusch, der Doris Stimmungswechsel erkannte, legte ihm beruhigend eine Hand auf die Schulter und deutete mit der anderen auf eine Stelle hinter dem Lagerfeuer. „Rühre dich auf keinen Fall von der Stelle!", dann löste auch er sich auf.

Panik machte sich für einige Sekunden in Dori breit, dann besann er sich auf den Fingerzeig. Dort, etwa in Höhe von Zaarts rechtem Knie schwebte ein Wölkchen. Das musste Mbara sein. Was hatte sie nur vor? Doris Augen suchten nach Kuusch und er erkannte, dass sich ein zweites Wölkchen aus der entgegengesetzten Richtung näherte. Der junge Thimakaron umschwebte die Gruppe vorsichtig und ging zwischen Brami und Thala in Position.

Der Nebel der Mbara darstellte, pulsierte mehrfach und wechselte so plötzlich in ihre menschenähnliche Gestalt, dass Dori beinahe der Helm vom Kopf gerutscht wäre. Die Nebelgestalt begann mit einem so fürchterlichen Geschrei, dass die Höhle widerhallte, wie Maknova beim Glockenspiel des großen Benman.

Zaart, der am weitesten vom Feuer entfernt aber am nächsten an Mbara stand, machte einen Satz nach vorne und flüchtete Kujon und Hartflett entgegen. Die beiden hatten ebenso wie der Älteste Yur, ihre Waffen gezogen und scharten sich zusammen, den Blick auf die neue Gefahr gerichtet. Kuusch nutzte ihre Unaufmerksamkeit und schwoll zu einer großen Wolke an, die Brami und Thala, samt der Bank vollständig umgab.

Mbara, die nun ihre Freunde in Sicherheit wusste, ging zum Angriff über. Sie schritt gemächlich auf die Gringars zu und mit jedem Schritt wuchs sie. Ihr weißes Antlitz verfärbte rosa, dann rot und zuletzt zum tiefen Blutrot einer verheerenden

Feuersbrunst. Ihre Arme und Beine schwollen an. Wurden unförmig und waberten, sodass die Thimakaron wie eine aus zähflüssigen Magmakugeln zusammengefügte, lebendige Steinfigur aussah. Ihre Baumstammdicken Beine schritten ungerührt durch die Flammen und die glühende Asche des Lagerfeuers, direkt in die Mitte ihrer Feinde hinein. Diese Wesen hatten ihre Heimat, ihre Familie und nicht zuletzt ihre neu gewonnenen Freunde bedroht. Mbara pulsierte beängstigend. Ihre Stimme dröhnte und toste widerhallend durch die Höhle.

Die Gringars starrten entsetzt zu ihr hinauf, keiner Bewegung fähig. Lediglich Yur fasste das bisschen Mut, dass er noch aufbringen konnte, drehte sich herum und stürzte mit gezücktem Messer auf die Gefangenen zu. Die Gefangenen waren fort, die Bank ebenso. Lediglich undurchdringlicher Nebel befand sich vor ihm. Was geschah hier? Wo waren sie hin? Yur machte erneut kehrt. Wahnsinn glomm unter seiner Kapuze hervor. Mit einem gellenden Schrei sprang er auf Mbara zu.

Die Halle erstrahlte blendend hell, als die zum Feuerwesen mutierte Mbara explosionsartig Licht und Feuer abstrahlte. Dori schloss die schmerzenden Augen. Wellen aus Feuer und Glut durchliefen die Halle und erhitzen Doris Helm so sehr, dass er sich das rauchende Ding vom Kopf schlagen musste. Er selbst warf sich flach auf den Boden und rollte sich zusammen. Geschützt durch den Schutthaufen, dessen Steine sich bereits an einigen Stellen zu verflüssigen begannen, lag er da. Eine weitere Welle folgt und noch eine. Es nahm kein Ende. Dori, die Hände schützend über den Kopf haltend, betete zu allen Göttern, die ihm einfielen.

Endlich, von einer Sekunde auf die andere, war alles vorbei. Vorsichtig spähte der Zwerg über den dampfenden Haufen hinweg. Überhitztes Gestein und kleine Lachen aus Glas knisterten, während sie langsam erkalteten. Am Ende der Halle brannten die Vorräte und Lagerstätten der Gringars lichterloh und verbreiteten dunkle Schwaden ekelerregenden Gestanks. Von den vierschrötigen Gestalten selbst war nichts mehr zu sehen. Allerdings zeugten vier theatralisch rauschende Aschehäufchen von ihrem endgültigen Abschied.

Das Feuerwesen war verschwunden, dafür stand Mbara in ihrer weißen Menschengestalt an der Stelle, an der sich zuvor das Lagerfeuer befunden hatte. Sie schwankte. Erst leicht, dann immer heftiger. Kuusch entließ Thala und Brami aus seiner Umklammerung und verwandelte sich ebenfalls. Er trat genau im richtigen Moment zu Mbara, um sie auffangen zu können.

Dori hingegen eilte zu seinen Freunden hinüber, darauf bedacht nicht in eine der zähflüssigen Glaslachen zu treten. Trotz seiner Hast, qualmten seine Stiefel als er den unberührten Flecken Erde erreichte, auf der Kuusch die Bank und die beiden Sitzenden zurückgelassen hatte. Geschickt löste er ihre Fesseln und zog seine Freunde auf die Beine. Brami rieb sich die tauben Handgelenke und trat dabei von einem Bein auf das andere, um ihr Blut wieder zum zirkulieren zu bringen. Ihr Gesicht zeigte blankes Entsetzen über das Geschehene, trotzdem rang sie sich dazu durch Kuusch zu befragen. „Wie geht es Mbara?", fragte sie mit rauer Stimme. „Wird sie es überstehen?"

Kuusch hielt noch immer das bewusstlose Mädchen in seinen Armen. Zärtlich strich es ihr über das Haar. Es verging fast eine Minute bis er den Kopf hob und seine drei Freunde mit traurigen Augen ansah. „Ja, sie wird sich erholen, aber es wird lange dauern. In ein oder zwei Tagen wird sie zu sich kommen. Sie wird einige Wochen schlafen müssen, um wieder vollständig zu Kräften zu kommen, aber wenn sie diese Phase hinter sich gebracht hat, wird sie wieder die Alte sein." Er schüttelte den Kopf. „Es hätte nicht so weit kommen dürfen. Warum sind sie nicht einfach weggelaufen? Einen Feuergeist anzugreifen…unfassbar!" Er wirkte erschüttert, als er Mbara auf seine Arme nahm. „Ich bringe sie in die Halle der Alten. Dort wird sie vorläufig in Sicherheit sein. Versteckt euch solange irgendwo. Sobald Mbara versorgt ist, werde ich euch finden und aus dem Berg herausführen." Kuusch verwandelte sich und schwebte durch die nächste Wand davon. Sorgenvolle Blicke begleiteten ihn.

„Wir sollten in der Zwischenzeit versuchen einige Ebenen höher zu kommen.", meinte Thala besorgt und zwang sich seinen Blick von den immer noch schwelenden Aschenhäufchen abzuwenden. Sein Gesicht zeigte blankes Entsetzen. Dori nickte und sah sich gehetzt um. „Auf jeden Fall sollten wir von hier verschwinden, bevor der Gestank und der Lärm weitere Gringars anlockt."

Sie strebten den Tunnel an, durch den sie von Zaart und seinen Kumpanen getragen worden waren. Der Durchbruch ragte bereits vor ihnen auf, als Thala unvermittelt die Hand hob. „Nein, nicht dort entlang. Es kommt jemand." Hastig kehrten sie um und wählten den erstbesten Gang zu ihrer Rechten. Er war nur kurz und enthielt einige Schutthaufen, die ihnen die sehnlich herbei gewünschte Deckung boten. Sie drückten sich an den engeren Stellen vorbei, überstiegen die flacheren Hügel und erreichten nach wenigen Minuten schweißbedeckt eine Kreuzung.

In der Lagerstatt der Gringars hob derweil lautes Geschrei an. Jemand hatte den Brand entdeckt und möglicherweise auch bereits den Tod ihres Anführers festgestellt. Keiner der Drei hegte das Verlangen es genauer wissen zu wollen. Der Lärm bewirkte jedoch, dass ihre Richtungswahl auf den Gang fiel, der von ihrem bisherigen Weg scharf links abbog. Dies würde möglichen Verfolgern einstweilen die Sicht nehmen. Sie beschleunigten ihre Schritte und erreichten bald eine weitere, kleinere Höhle. Zwei Wege verließen die, bis auf einige alte Stützstreben leere Höhle. Brami runzelte die Stirn. „Wir werden uns hier hoffnungslos verlaufen. Schaut euch all diese Abzweigungen an."

„Ich weiß.", stimmte Dori ein wenig verzagt zu. „In jeder anderen Höhle würde ich Markierungen anbringen, um zu vermeiden, dass wir im Kreis laufen. Aber hier wage ich es nicht."

„Dann müssen wir eben auf unser Glück vertrauen." Thala seufzte schwer und setzte sich wieder in Bewegung.

Sie durchquerten zwei weitere Höhlen. Die davon abzweigenden Wege verliefen ebenerdig und zeigten keinerlei Spur von Steigung. Brami und Thala überließen Dori die Wahl des Ganges und er versuchte die einmal eingeschlagene Richtung beizubehalten, bis sich ihnen ein Aufstieg in eine höhere Ebene anbot. Auch als Stadtzwerg wusste der junge Mann, dass jeder Minenarbeiter der halbwegs bei Sinnen war, immer mehrere Aufstiegsmöglichkeiten anlegte, um im Falle eines Einsturzes noch einen Fluchtweg zu haben. Nicht zu letzt wären in einem solchen Fall auch noch Zugänge zum, in harter Arbeit freigelegten Erz vorhanden. Zwerge dachten praktisch!

Der Gang, der sie aus der dritten Höhle herausführte verwinkelte sich immer mehr und begann nach mehreren hundert Metern leicht nach oben anzusteigen.

„Jetzt könnten wir auf dem richtigen Weg sein.", spekulierte Dori nach einer Weile. „Wir haben schon einiges an Höhe gewonnen und diese Verwinkelungen weisen oft auf Aufgänge hin. Die Arbeiter suchen in diesen Fällen meist nach weichem Gestein. Mit ein bisschen Glück erreichen wir bald die achte Ebene. Mit sehr viel Glück, gelangen wir sogar noch höher."

An der nächsten Kreuzung folgten sie dem Weg nach rechts, der in punkto Neigung am vielversprechendsten aussah. Eine knappe Stunde später waren sie anderer Meinung.

Kapitel 13: Das Nest

Niemand schien sie zu verfolgen. Der Weg vor ihnen war frei. Frohgemut schritt Dori den beiden Gefährten voran, folgte der sich im fahlen Zwielicht erstreckenden Flucht, die sichtbar an Höhe gewann. Allerdings schien der Pfad kein Ende nehmen zu wollen und der Frohsinn des Zwergs nahm proportional zur Steigung des von ihm erwählten Weges ab. Mit jeder Kurve schraubte er sich steiler in die Höhe. Dori blieb stehen, zog sich den Helm vom Kopf und wischte sich die Stirn. Hinter ihm quälten sich Brami und Thala mühsam heran. Einen Moment hielten sie inne, versuchten zu Atem zu kommen.

Was hatten sich die Arbeiter bei dieser Wegeführung bloß gedacht? Der Gang wurde zunehmend schmaler und verwinkelter, darüber hinaus würde man bald Bergsteigerische Fähigkeiten benötigen, um weiter vordringen zu können. Niemals könnte man auf diesem Weg größere Mengen Männer und Material transportieren. Dori schüttelte verwirrt den Kopf, scheute sich jedoch umzukehren. Sie mussten hier raus! Und wenn sie dazu diesen Ziegensteig verwenden mussten, dann war das eben so. Seine Unterlippe schob sich vor und seine Hand griff nach dem nächsten Überhang, an dem er sich weiter empor ziehen konnte.

Verbissen kraxelte er weiter. Dann, ohne jede Vorwarnung, spie ihn der Gang auf einen luftigen Balkon aus. Einem kleinen Felssims, hoch oben in einer massiven Felswand. Über dem Zwerg befand sich in nur wenigen Metern Entfernung, eine eng mit Kristallen besetzte Gewölbedecke. Diese erstreckte sich ein gutes Stück weit die Wände hinab und fasste so auch den Sims mit ein. Die wenigen glühenden blauen Kristalle gaben durch die Spiegelungen ihrer Nachbarn gerade ausreichend Licht ab, damit er die weitläufige Felshalle tief unter seinen Füßen ausmachen konnte. Brami und Thala schoben sich hinter ihm aus dem Gang heraus und gesellten sich leise prustend zu Dori. Der Zwerg war in die düsterste Ecke des Balkons zurück gewichen und spähte mit vor Entsetzen geweiteten Augen zwischen einigen matten Kristallen hindurch in die Tiefe.

In langen Reihen erstreckte sich Ei an Ei, durch ordentlich eingeebnete, schmale Gänge voneinander getrennt. Sie standen einzeln und aufrecht in kleinen Nestern, umgeben von einem giftig grünen, seltsam schimmernden Dunst, dessen Herkunft sie nicht ausmachen konnten.
Zwischen den Eiern schritt eine hoch aufgerichtete Gestalt, bei der es sich um die Königin des Gringarschwarms handeln musste. Sie unterschied sich dramatisch von den männlichen Exemplaren ihrer Art. Sie war überdurchschnittlich groß, Thala schätzte sie auf mindestens zwei Meter fünfzig. Ihre Schultern waren schmal, beinahe zierlich. Große Flügel ragten, angelegt und fein säuberlich gefaltet, rechts und links von ihnen hervor. An der ebenfalls schmalen Taille schloss sich ein unansehnlicher, aufgedunsener Insektenleib an, der auf sechs kräftigen Beinen ruhte. Der Oberkörper der Königin verfügte über zwei Paar Arme, die in vierfingrigen Händen endeten. Der vierte und kleinste Finger war außergewöhnlich dick, als sei bei einer menschlichen Hand der Ringfinger mit dem kleinen Finger verwachsen.
Ihr Haupt ruhte auf einem langen, schlanken Hals und wirkte beinahe dreieckig. Gekrönt wurde er von einem in sich verwobenen Hornaufsatz, der dem Kopf eine unnatürliche Größe verlieh und in sieben abgerundeten Enden auslief.

Bedächtig schritt diese groteske Riesin durch die Reihen, rückte hier und dort ein Ei zurecht. Streichelte über ihre raue, mit feinem weißen Gewebe überzogene Oberfläche oder scheuchte Ungeziefer fort. Fast hätte man sie für eine liebevolle Mutter einer ungewöhnlichen Kinderschar halten können, hätten die stahlharten Augen in dem gehörnten Gesicht nicht eiskalte Berechnung und der Zug um ihren Mund nicht selbstsichere Überlegenheit widergespiegelt.

Eine zweite, kleinere Gestalt ging der Königin bei der Pflege der Eier zur Hand. Sie war von geringerer Größe und hatte die bereits bekannte verwachsene Figur, die von einem weiten, Kaftan ähnlichem Gewand verdeckt wurde. Zweifellos ein weiteres Männchen. Vorsichtig hob der Gringar eines der Eier aus seinem Nest und verstaute es in einem Beutel, den er sich um seinen Hals und eine Schulter gehängt hatte. Sorgfältig entfernte er altes Nistmaterial vom Boden und verstaute es in einem mitgebrachten Korb. Einem zweiten Korb entnahm er frisches Material, das aus der Ferne nach einer Mischung aus Stroh und Kleiderfetzen aussah, und stapelte es zu einem neuen Nest auf. Sanft drückte er eine Vertiefung hinein und polsterte diese mit weiteren Stofffetzen aus. Seine langsamen, bedachten Bewegungen brachten den schimmernden Nebel zum wabern. Als er mit seiner Arbeit zufrieden war, holte der Gringar das Ei hervor und setzte es in die Mitte der Vertiefung. Er rückte es ein letztes Mal zurecht, nahm die Körbe auf und wankte unter ihrem Gewicht den Pfad zwischen den Eiern entlang weiter. Seine Augen prüfend auf die Nester gerichtet, pendelte sein Kopf von rechts nach links bis er ein weiteres entdeckte, das der Erneuerung bedurfte.

Hinter ihm trat die Königin an das frische Nest heran und begutachtete die Arbeit ihres Untergebenen.

Den Gefährten, von der Szenerie völlig gefangen, lief es bei dem Anblick kalt den Rücken hinunter. Angstvolle Blicke wurden getauscht. Man war sich einig: Langsam und unauffällig den Rückweg antreten! Gebückt und von den Kristallen verdeckt, wichen sie einer nach dem anderen in den Gang zurück. Vorsichtig, auf jeden Schritt bedacht. Ein Handzeichen des Elfen, der den Stollenausgang als Erstes erreicht hatte und Wache hielt, ließ Dori mitten in der Bewegung erstarren.

Die Königin hatte in ihrem Rundgang inne gehalten und blickte sich in der Halle um. Etwas stimmte nicht. Ihre Nasenflügel bebten, witterten Veränderung. Ihre Augen wurden zu Schlitzen. Der kleine Mund, oberhalb des kaum ausgeprägten

Kinns, öffnete sich und entließ einen grellen, sirenenhaften Schrei, der eine ganze Minute anhielt und in den Stollen der Mine widerhallte.

Mehrere Dinge geschahen gleichzeitig. Der Gringar in Begleitung der Königin ließ seine Körbe fallen und sah sich alarmiert um. Brami, die bereits mit dem Abstieg im Stollen begonnen hatte, verlor den Halt und rutschte ein gutes Stück des Weges auf dem Hosenboden hinab, was ihrem Hinterteil einige weitere Schrammen hinzufügte. Dori, zunächst in Schockstarre verfallen, warf sich todesmutig Thalas ausgestreckter Hand entgegen. Der Elf griff zu und zog ihn ins Innere des Ganges. Gemeinsam kletterten, rutschten und fielen sie die steileren Abhänge hinab. Sobald es der Weg bergab erlaubte, begannen die Drei zu rennen.
Die Angst hatte sie erfasst. Stumm aber zielstrebig versuchten sie so viel Distanz wie möglich zwischen sich und dieser Kreatur zu bringen. Am Ende des Ganges bogen sie scharf rechts ab und prallten so unvermittelt mit einem Trupp Gringars zusammen, dass die gesamte Gesellschaft auf dem Allerwertesten landete.

Bei diesen Gringars handelte es sich um Lastenträger, die Arme gefüllt mit Körben, Fässern und Bündeln. Alles purzelte durcheinander. Fässer barsten. Bündel platzen auf und gaben Kleidungsstücke und Stiefel frei. Es war schwer zu ergründen, welche der beiden Parteien überraschter war. Vermutlich waren es die Gringars, die tief im Berg nicht mit der Anwesenheit Fremder gerechnet hatten. Sie setzten zu einem gutturalen Geschnatter an und versuchten gleichzeitig sich aus dem Durcheinander zu befreien, wobei sie einander eher ein Hindernis als eine Hilfe waren. Von den Gefährten sprach keiner ein Wort. Sie versuchten hastig ihre Glieder zu entknoten und auf die Beine zu gelangen, bevor die Unholde verstanden was mit ihnen geschah. So kam es, dass die drei Jugendlichen bereits wieder in Richtung Westen liefen, bevor auch nur ein Gringar aufgestanden war oder gar eine Waffe gezogen hatte.

Im Osten war ihnen der Weg durch die Königin und die Lastenträger versperrt. Im Norden befand sich zwar der rettende Luftschacht, doch führte der Weg durch die Wohnhöhle der Gringars. Ihnen blieb lediglich der Weg nach Westen und Süden und die kleine Hoffnung, dort einen gangbaren Pfad ans Tageslicht zu finden. Sie hatten zahlreiche Abzweigungen passiert und viele Kammern durchquert, bis endlich die Schritte der Verfolger hinter ihnen verklagen.

Längst hatten sie vor Erschöpfung nicht mehr auf ihre Richtung achten können, waren nur noch von ihrem eisernen Willen auf den Beinen gehalten worden. Aber sie rannten weiter, bis ihnen das Herz aus der Brust zu springen drohte und ihre Beine brannten. Nach Stunden, wie es ihnen vorkam, hielt der Zwerg inne.
Brami beugte sich vor und stützte erschöpft die Hände auf ihre Knie. Thala schnaubte hingebungsvoll und rieb sich die stechenden Seiten. Dori hatte sich platt auf den Rücken geworfen, seine Augen waren geschlossen. Die breite Zwergenbrust hob und senkte sich wie ein Dampfhammer.
Sie hatten in einer winzigen Kammer angehalten, die eigentlich nur eine Verbreiterung ihres Stollens darstellte. Sie schwiegen. Ganz darauf konzentriert wieder zu Atem zu kommen.

„Das war knapp", murmelte Brami nach einer Weile verdrossen.
Thala nickte schwach: „Zurück können wir nicht, das steht fest."
Ihre Blicke glitten den Gang entlang. Er führte steil nach unten. Den beiden entfuhr ein Seufzen.
Dori gähnte.
Thala verpasste ihm einen Tritt. „Steh auf! Wenn du liegen bleibst, schläfst du nur ein."
„Und wenn schon.", grummelte der Zwerg. „Wir kommen hier nie raus. Wenn das so weiter geht landen wir noch im Kern."

„Nichts da. Wir sind alle müde und haben Hunger. Aber wir laufen weiter bis wir den Ausgang finden oder Kuusch uns in Sicherheit bringt.", bestimmte Brami resolut und zog Dori auf die kurzen Beine. Schleppend und in Doris Fall mit einem kräftigen Schubs, setzten sie sich wieder in Bewegung.

Der Gang war kaum behauen und sehr niedrig. Er wies keine Stützbalken oder Glättungen auf. Wände wie Boden waren lediglich grob aus dem Fels geschlagen und in diesem Zustand belassen worden. Sie mussten ihre Füße vorsichtig setzen. Immer wieder geriet einer von ihnen ins Straucheln und musste von den anderen gestützt werden.
Sie waren so entsetzlich müde, wollten einfach nur ein sicheres Plätzchen finden und sich dort zusammenrollen. So aber schleppten sie sich von Kehre zu Kehre, immer weiter in die Tiefe. Jegliches Zeitgefühl ging ihnen verloren.

Endlich hob Dori der die kleine Gruppe erneut anführte die Hand und blieb stehen. Er rieb sich die müden Augen. Das düster dämmrige Licht der Kristalle machte ihm zu schaffen. Zu viel um bei Gefahr im engen Gang unentdeckt zu bleiben, zu wenig um vernünftig sehen zu können. Beinahe wünschte er sich einige weitere Thimakaron würden aus ihrem Dämmerschlaf erwachen und ihm eine bessere Sicht gewährleisten. Dann kam ihm allerdings der Gedanke, dass sie immer noch nicht wussten wie viele dieser vierschrötigen Wesen in diesem verdammten Berg herum wimmelten. Vielleicht hatte sie diese Düsternis schon mehr als einmal vor der sicheren Entdeckung bewahrt, ohne dass sie es bemerkt hatten.

Er kniff die Augen zusammen. Als wollten ihm seine Gedanken einen Streich spielen hatte er den Eindruck als würde es vor ihm heller. Er legte den Kopf schief und betrachtete den Gang genauer, dann war er sicher. Es war nur eine Nuance, aber heller.
Er winkte Brami und Thala zu ihm aufzuschließen und deutete

nach vorne. „Der Gang endet dort.", flüsterte er. „Wir werden bald auf eine weitere Höhle oder Kammer stoßen."

„Oh je!", entfuhr es Brami resigniert. „Was kommt denn jetzt?"

„Es ist klamm hier.", murmelte Thala. Er zog fröstelnd die Schultern zusammen und rieb sich die Arme. „Und um einiges kühler als oben."

„Es nützt nichts." Brami gab Thala einen Klaps. „Wir schauen es uns mal an."

Einer hinter dem anderen schlichen sie los. Der Gang verbreiterte sich und gab den Blick auf eine hohe Halle frei, dessen oberes Ende sich in Dunkelheit und Dunst verlor. Die allgegenwärtigen, fluoreszierenden Kristalle schimmerten unscharf in weiter Ferne und schufen eine geisterhafte Atmosphäre. Ihr bläulicher Schein verbunden mit dicken, trägen Nebelschwaden ließen allerorts Bewegungen erahnen, hinderten sie jedoch daran ihre Umgebung genauer auszumachen. Brami schnappte erschrocken nach Luft, als ihre Füße den soliden Fels verließen und knöcheltief in grobem, silbergrauen Sand versanken. Betreten starrte sie auf ihre Füße. „Nebel?", beklagte sich Thala an Doris anderer Seite. „In einem Berg? Will man uns veräppeln?"

„Möglich ist das schon.", grübelte der Zwerg und strich sich nachdenklich über das glatte Kinn.

„Du meinst vor uns ist … Wasser?", erkundigte sich das Mädchen staunend.

Dori nickte. „Und zwar nicht zu knapp, will ich meinen."

„Aber wo?", fragte sich der Elf.

Angestrengt starrten sie in Zwielicht und Nebel hinein. Brami trat beiseite und betrachtete die Schatten zu ihrer Rechten genauer. Sie legte den Kopf in den Nacken und traute ihren Augen nicht. Sie stupste Dori an. Sein Blick folgte dem ihren und ihm entfuhr ein beeindrucktes: „Wow!"

Direkt neben dem Höhleneingang erhob sich eine gewaltige Tropfsteinsäule. Die Basis hatte einen Umfang, den fünf

Männer mit ausgestreckten Armen nicht hätten umfassen
können. Mächtig ragte der Stalaknat in den Höhlenhimmel
hinein. Nach einer immer noch mehrere Meter breiten
Verjüngung in der Mitte, nahm der Umfang wieder zu und
verlor sich allmählich in der sachte dahin ziehenden
Schwaden. Seine Oberfläche schimmerte rosa, wie nasser
Marmor und wies an einigen Stellen schwarze Einlagerungen
auf, die sich wie Adern durch den Tropfstein zogen.
Ehrfürchtig streckte der Zwerg die rechte Hand aus, zog sie
jedoch sofort zurück. „Es ist so schön, dass man es berühren
mag. Aber das ist verboten! Es lässt sie sterben. Sie stellen am
Kontaktpunkt einfach das Wachstum ein. Komische Sache.
Doch dafür ist jetzt keine Zeit. Ich hoffe, ich werde diesen Ort
noch einmal aufsuchen dürfen wenn uns keine Verbrecher
verfolgen."
Brami musste lächeln. „Komm, wir müssen weiter. Wir
müssen wissen, ob es weitere Wege aus dieser Höhle hinaus
gibt."

Sie drangen tiefer in die Höhle vor. Der Dunst geriet in
Bewegung und gab zu ihrer linken Seite einen Stalagmiten frei,
der aus dem Trümmerfeld eines herabgefallenen Stalaktiten
heraus ragte. Sie schritten an dem hinabgestürzten Riesen
vorbei, noch tiefer in den Nebel hinein.
Thala fluchte unvermittelt und die Gruppe blieb schlagartig
stehen.
„Was ist los?", zischte Dori.
„Ich habe das vermaledeite Wasser gefunden!", brachte der Elf
hervor und schüttelte seinen triefenden Stiefel. „Man ist das
kalt."
Dori versuchte erfolglos ein Grinsen zu unterdrücken, was ihm
zwei strafende Blicke einbrachte.

Langsam zog eine der Nebelbänke vorüber und gab die Sicht
auf das einige Dutzend Meter Wasseroberfläche frei. Die
schwarzen Fluten eines Teiches oder Sees glitzerten matt im
Schein der Kristalle und brandeten kaum merklich an das

silbergraue Ufer. Thala starrte auf das Wasser hinab, als habe es ihn persönlich beleidigt. „Zum Durchschreiten ist es definitiv zu kalt.", knurrte er. „Ich spreche aus Erfahrung!" Demonstrativ hob er den durchtränkten Stiefel.

„Was uns zu der Frage führt: links herum oder rechts herum?", seufzte Brami.

Der Elf entschied sich für rechts, das Mädchen für links. Der Zwerg wollte weder das eine noch das andere.

„Na Klasse!", schnaubte Thala und trat so heftig gegen einen kleinen Sandhaufen, dass die Körner in alle Richtung davon stoben.

Brami wurde wütend. „Dori, du weißt doch, dass uns der Weg nach oben von diesen Ameisengesichtern abgeschnitten wurde! Was hätten wir tun sollen? Uns durch sie hindurch brennen?"

„Mbara hätte noch einmal explodieren können.", bestand Dori auf seiner Meinung und blickte stur in Richtung Höhlen-eingang.

„Rede keinen Unsinn!", knurrte Brami verächtlich. „Mbara war total erschöpft. Hätte Kuusch sie nicht aufgefangen, wären die restlichen Gringars über sie hergefallen."

„Dann hätte Kuusch explodieren sollen!", beharrte der Zwerg.

„Und dann? Wer weiß wie viele dieser unheimlichen Gestalten hier noch immer herum laufen. Leider wären uns mit Kuusch die explodierenden Thimakaron ausgegangen. Nun entscheide dich, rechts oder links?", schloss der Elf.

Dori grollte. „Rechts? Links? Das ist mir völlig egal. Ich bin zum umfallen müde. Ich will einfach nur schlafen. Und was tun wir? Wir stehen hier am Ufer eines unterirdischen Sees und sehen den Wellen zu, die an diese öden Lande branden…." Er stutzte, dann beugte er sich zu Thala hinüber und flüsterte.

„Woher kommen plötzlich die Wellen? Die waren eben noch nicht da."

Thalas Augen weiteten sich. „Du hast Recht."

Aus der Ferne drang leises Plätschern an ihre Ohren.

„Was ist das?" fragte Brami. „Ist das ein Wasserfall oder so was?"

Dori und Thala schüttelten synchron den Kopf, dann fügte der

Elf hinzu: „Es ist zu gleichmäßig. Das klingt eher nach dem Eintauchen von Rudern."

„Hier?", flüsterte Brami nervös. „Du meinst, da kommen noch mehr von diesen Gestalten auf uns zu?"

Ein gelblicher Schimmer hob an und erhellte den Nebel zu ihrer Rechten. Thala konnte sich seine Antwort sparen, nun sahen es alle. Elf und Zwerg standen wie angewurzelt und starrten auf das näher kommende Licht.

Gehetzt sah sich Brami nach einem Fluchtweg um. Es gab keinen! Durch den Gang zurück konnten sie nicht, dort warteten eine sicherlich zornige Königin und ein Haufen gewaltbereiter Gringars.

Ins Wasser? Dafür waren die Kristalle zu hell. Der Nebel musste sich nur zum falschen Moment verflüchtigen und man würde sie zwangsläufig entdecken. Außerdem: wenn sie sich in Ufernähe aufhalten würden …wer auch immer dort kam, er hatte eine Fackel! Einmal ganz davon abgesehen, dass das Wasser eiskalt war und niemand wusste was in den Tiefen dieses Sees lauerte.

Bramis Blick fiel auf den Trümmerhaufen des Stalaktiten, er konnte ihnen als Deckung dienen.

„Wollen wir hoffen, dass diese Wesen noch nichts von unserer Anwesenheit wissen. Wenn sie nichts von uns wissen, werden sie auch nicht nach uns Ausschau halten. Es könnte klappen.", dachte das Mädchen bei sich. Sie stieß die beiden Jungen an, die erschrocken zusammen zuckten, dann deutete sie auf die Steine. Sie verstanden und liefen los.

Zu ihrem Glück war der gesamte Uferbereich um sie herum mit Stiefelabdrücken übersät. Hier schien ein regelmäßiger Verkehr zwischen dem See und den höher gelegenen Wohnbereichen zu herrschen. Niemand würde also auf die Idee kommen ihren Fußspuren zu folgen.

„Sie scheinen diesen Wasserweg rege zu nutzen. Nur komisch, dass uns die Spuren nicht früher aufgefallen sind.", raunte

Brami den Jungens zu, während sie über die rosafarbenen Trümmer stiegen und sich hinter der immer noch hoch aufragenden Steinsäule versteckten. Die Teile seines herab gestürzten Gegenstücks umgaben sie wie eine Höhle. „Wir haben unsere eigenen Füße nicht gesehen, geschweige denn das Ufer oder irgendwelche Spuren.", flüsterte Dori ebenso leise und starrte zurück zum Strand.

Thala regte sich. Er fühlte sich wie in einer Falle. Einige der Trümmer hingen so tief, dass sie sein Haar berührten. Hoffentlich stürzte der Hügel nicht über ihnen zusammen. Er schloss die Augen und suchte nach Ruhe. Nur nicht in Panik geraten! Hier hatten sie eine Chance, da draußen nicht. Er schluckte schwer, kauerte sich nieder und versuchte den Dunst an der Wasserlinie mit seinen Blicken zu durchdringen.

Die Minuten vergingen. Der Nebel senkte sich auf die Wartenden herab. Eisige Finger krochen an Bramis Beinen hinauf und ließen sie erschaudern. Es überkam sie der Drang aufzuspringen, sich zu bewegen und sich die Wärme in ihre Glieder zurück zu reiben. Das Platschen der Ruder kam näher. Der Schein von Fackeln erhellte bereits die Vorderseite des Schutthaufens, der sie verbarg und warf unerwartet scharfkantige Schatten auf die Höhlenwand hinter ihnen. Hastig zogen sie sich weiter in die schwindende Dunkelheit zurück und verfluchten innerlich die Unzuverlässigkeit des Nebels.

Das Platschen setzte aus und ein Floß kam in Sicht. Hochbeladen, mit Pechfackeln an den Ecken bestückt, brach es aus einer dichten Nebelwand hervor. Ein Moment der absoluten Stille trat ein, während es aus eigener Kraft auf das Ufer zu trieb.
Sand knirschte unnatürlich laut, als mehrere Gestalten aus den Schatten der Ladung heraus ans Ufer sprangen. Die Gringars wandten sich um und griffen nach Halteschlaufen. Unter internationalen Lauten der Anstrengung und des Unwillens,

zogen sie ihre Last an Land und vertäuten sie an mehreren mächtigen Holzpfählen, die der Nebel bisher vor den dreien verborgen gehalten hatte.

Einer der Gringars entzündete eine weitere Fackel und rammte sie auf halbem Weg zwischen der Wasserlinie und dem Höhleneingang fest in den Boden. Das Floß war schwer beladen und lag tief im Wasser. Kisten und Fässer standen hoch gestapelt nebeneinander. Dazwischen saßen und standen weitere Mitglieder dieses insektenhaften Volkes, umgeben von großen Paketen und Bündeln. Zweifellos weitere Beute eines ihrer Raubzüge. Einer nach dem anderen kletterte ans Ufer und begann damit die Fracht zu entladen.

Stumm zählte Dori nach und kam auf zehn. Zehn weitere Gringars! Bei dem Gedanken an eine Entdeckung wurde ihm schlecht.

Emsig eilten die vermummten Gestalten mit ihrer Beute am Versteck der drei Gefährten vorbei. Entluden das Floß und stapelten die Güter vor dem Eingang auf. Als das letzte Fass vom Floß getragen wurde, trat einer der Gringars mit einer Tonglocke heran und löschte die vier Fackeln an Bord. Auf dem Rückweg zog er die fünfte aus dem Sand und gab damit das Zeichen zum Aufbruch. Jeder Gringar nahm sich eines der Fässer, der Kisten oder Pakete und folgte dem Fackelträger in den Gang hinein, hinauf zur Wohnhöhle.

Der Schein der sich entfernenden Fackel verglomm. Die Schritte der schweren Stiefel verklangen. Stille und Dämmerlicht kehrten in die Höhle zurück. Erleichtert atmeten die Drei auf.
„Gut, dass sie keine Wache zurückgelassen haben.", stöhnte Brami leise und rieb sich erleichtert die Glieder.
„Was mich viel mehr interessiert ist, wo sie hergekommen sind.", Thala strich sich über das nebelfeuchte Haar und machte sich daran aus ihrem Versteck heraus zu klettern. „Die

Kisten trugen das Zeichen von Händler Semakol, ich habe es wieder erkannt. Sie müssen aus einem weiteren Überfall stammen. Die Gringars stecken also tatsächlich auch hinter diesen Untaten."

„Sie können die Waren unmöglich an den Wachen vorbei durch die Stadt transportiert haben. Die Wache ist besessen davon, die Täter zu fangen. Sie kontrollieren alles und jeden.", sagte der Zwerg und folgte dem Elfen ans Ufer.

Thala stand neben dem Floß, sein Blick war auf die schwarzen Fluten gerichtet. „Nun, Fakt ist: wir sind hier mitten im Tafelberg und sie schleppen das Beutegut nach oben. Es ist wohl eher unwahrscheinlich, dass sie aus der Stadt kommen, oder?"

„Dann müssen sie einen Weg durch den Berg zu den Ebenen gefunden haben.", kombinierte Dori. „Einen Weg den wir ebenfalls benutzen könnten."

Thala nickte bedächtig.

„Exakt!", bestätigte Brami, kletterte auf das Floß und betrachtete das Steuerruder. Wiedererwarten war das Wasserfahrzeug nicht aus Treibholz oder alten, maroden Holzbeständen hergestellt. Edle Holzplanken, gepflegt und geölt bildeten die Basis. Zahlreiche Streben stützten ein robustes Geländer, in jeder Ecke von einem Fackelmast begrenzt.

Thala zog Dori an Bord und deutete auf die Ruder. Vier lange Stecken mit breiten Blättern an einem Ende, die nun unbeachtet auf dem Boden lagen. „Rechts oder links, Dori?", fragte er zwinkernd.

Kapitel 14: Seenot und andere Nöte

Thala und Dori setzten zwei Ruder in die vorgesehenen
Vertiefungen ein. Brami kletterte ein letztes Mal auf den Strand
hinab und löste die Halteschlingen.
Obwohl das Floß nun entladen war, hatte das ursprüngliche
Gewicht es tief in den Sand gedrückt. Die Drei mühten sich
redlich ab, schoben und stießen. Erst nach Minuten harter
Arbeit sprangen sie, Schweiß überströmt zurück an Bord und
konnten dabei zu sehen, wie das Gefährt vom Strand hinab glitt
und im flachen Gewässer vor sich hin dümpelte. Die Jungen
griffen nach den Paddeln, Brami stellte sich ans Steuerruder.
Sie entschieden, dem linken Ufer zu folgen.

Die Minuten dehnten sich. Brami war es nach einigen
unorthodoxen Manövern gelungen, die Lenkung des Floßes in
den Griff zu bekommen. Gemächlich trieben sie am Strand der
Höhle entlang. Stets in Sichtweite des silbrigen Sandes der sich
leicht zur Wasserlinie hin neigte, wichen sie den gelegentlich
überraschend aus dem Nebel auftauchenden Stalaktiten aus.
Die gewaltigen Tropfsteinsäulen hingen meist bis dicht über
die Wasseroberfläche hinab. Ihre zum Teil nadelfeinen Spitzen,
mit den rauen, salzigen Seiten brannten wie Feuer, wenn man
sich an ihnen ritzte. Das Mädchen lernte schnell einen großen
Bogen um sie zu machen.
Das Farbspektrum der Stalaktiten reichte von weiß, über rosé
bis hin zu tiefem blau. Dori sah sich zu einem Vortag über
Vivianit- und Wavellit-Verbindungen veranlasst, dem keiner
der beiden anderen folgen konnte, aber dem Zwerg zu Folge
für die Bildung der Kristallgiganten verantwortlich waren. Als
er bei Calcitablagerungen und Sinterbildung angekommen war,
waren Bramis Gedanken längst zu anderen Themen
abgeschweift. Thala bemerkte es und musste schmunzeln.
„Erbarmen, mein Freund. Das klingt alles sehr interessant.
Wirklich! Aber ich würde mich freuen, deinem Vortrag im
wachen Zustand und unter weniger beängstigenden Umständen
lauschen zu können. Zurzeit fürchte ich jedoch, dass ich passen

muss."

Dori stierte irritiert zu ihm hinüber, aber der Elf lächelte ihn offen an. Er meinte es tatsächlich ernst. Nun lächelte auch der Zwerg:„Das will ich gerne tun, wenn sich die Gelegenheit ergibt."

Das leichte Schwanken des Floßes und die Anspannung, die langsam von ihnen abfiel, ließen sie schläfrig werden. Aus diesen Gründen dauerte es einen Moment bis ihnen der Lärm und die zunehmende Strömung auffielen. Es war Brami der dieser Umstand zuerst auffiel. Ihr Blick ruhte fest auf einem dunkelroten Stalaktit, mit weiß glänzenden Einlagerungen. Sie versuchte sorgsam ihn zu umfahren, stutzte jedoch. Dieser Tropfsteinriese wollte einfach nicht von ihrer rechten Seite weichen, sondern schien sich stets parallel zu ihrem Gefährt zu halten. Erst befürchtete sie, dass sie im Kreis fuhren. Sie überprüfte die Rudereinstellung, fand aber keine Abweichung. Auch der Teil des Ufers welcher im Nebel erkennbar war, lag zwar an der richtigen Stelle aber ebenfalls unbewegt, links von ihnen. Sie schienen trotz der Arbeit der Jungen einfach auf der Stelle zu stehen. Erst da bemerkte sie das zunehmende Getöse voraus.

„Was ist das?", rief sie gegen das Geräusch an und schreckte damit Thala und Dori aus ihrer Lethargie. Die Jungen lauschten.

„Ein Wasserfall!", diagnostizierte Dori und stellte das Rudern ein. „Wir müssen ein Stück zurück und seine Strömung umfahren, sonst kommen wir nicht an ihm vorbei."

„Müssten wir dann nicht schneller werden?", erkundigte sich der Elf. Falten bildeten sich auf seiner Stirn und er zog ebenfalls das Paddel aus dem Wasser. Das Floß trieb langsam rückwärts.

„Nicht wenn er von oben herab kommt und diesen See hier speist.", meinte der Zwerg.

Sie ließen ihr Gefährt wenden und fuhren ein Stück zurück. Dann hielten sie auf die Mitte des Sees zu, bis sich der rote Stalaktit auf ihrer linken Seite befand. Sie umfuhren ihn. Als das Ufer weit entfernt und unscharf hinter ihm erkennbar wurde nahmen sie ihre alte Richtung wieder auf.

„Das gefällt mir nicht.", gab Brami zu bedenken. „Ich kann das Ufer kaum noch sehen. Eine dichte Nebelbank und wir könnten tagelang auf diesem See herum irren."

Dori beruhigte sie: „Sobald wir den Wasserfall passiert haben fahren wir wieder näher ans Ufer heran."

Wie aufs Stichwort nahm der Nebel ab, wurde von der feinen Gischt des Wasserfalls verdrängt. Atemlos starrten sie auf die zehn Meter breite Flut, die sich kaskadenförmig in die Tiefe stürzte. Kristalle sorgten für eine beeindruckende Ausleuchtung der fallenden Tropfen und der aufsteigenden Gischt.

Das Floß zog an der Szenerie vorbei und nahm an Fahrt zu. Die Drei zuckten zusammen. Was passierte nun?

„Noch ein Wasserfall!", schrie Dori. „Zurück! Zurück!"

Die Jungen beugten sich tief über die Paddel, ruderten mit aller verbleibenden Kraft. Brami stemmte sich gegen das Steuerruder, und versuchte verzweifelt eine Richtungsänderung herbei zu führen. Die Minuten zogen sich wie Honig.

Die Jungs pullten was das Zeug hielt. Meter um Meter entkamen sie dem Sog des zweiten Wasserfalls, der sie in die Tiefe zu ziehen drohte. Thala prustete lauthals und Dori hatte das Gefühl, dass ihm die Arme abfallen würden. Aber sie schafften es letztendlich doch noch ruhigere Gewässer zu erreichen.

Tränen der Erschöpfung und Erleichterung rannen Brami über die Wangen, als unmittelbar vor ihnen die Bohlen eines grob zusammen gezimmerten Stegs sichtbar wurden. Das Floß legte an und die Jungen beeilten sich die Halteleinen an den Pollern festzumachen. Dann fielen sich die drei erleichtert in die Arme, sie brauchten lange, um wieder zu Atem zu kommen. Alle waren so furchtbar erschöpft. Ihre Beine wollten nicht mehr gehorchen.

Ein schriller Schrei drang an ihr Ohr und riss sie auseinander.

Alle Augen richteten sich unwillkürlich in die Ferne, doch Thalas Adleraugen waren die einzigen, die den wahren Umfang des Desasters ausmachen konnten. Beinahe hätte er sich den Nebel zurück gewünscht. Die Gringars kamen. Schlimmer noch, sie flogen! Sie hatten ihre schmuddeligen, weiten Umhänge abgelegt, ihre bisher verborgenen Flügel ausgebreitet und flogen. Vorbei an den Stalaktiten, quer über den See. Genau auf sie zu!

„Lauft! Bei allen geschwundenen Götter, lauft!", rief der Elf und rannte bereits mit langen Schritten den Steg entlang. Hastig suchten seine Augen die Felswand vor ihm ab und fanden endlich die Rettung. Ein gezacktes Loch, halb verdeckt hinter achtlos aufgeschichteten und erstaunlich frischem Abraum. Er hielt darauf zu, berichtete dabei seinen Freunden mit knappen Worten von der Gefahr die ihnen folgte. Atemlos sprangen sie mehr in das Loch hinein, als das sie liefen. Hinter dem scharfkantigen Durchlass folgte kein Gang, wie sie zunächst angenommen hatten, sondern eher etwas wie ein Treppenhaus. Bloß ohne Treppenstufen. Ein Fußweg führte um eine massive Steinsäule herum steil in die Tiefe. Endlose Windungen führten, seitlich vom Felsgestein begrenzt, immer weiter hinab zum Fuß des Berges. Wände, Decke und Boden waren nahezu unbehauen und zeugten von erst wenige Wochen alter Bearbeitung. Immer wieder ragte der Fels in den Pfad hinein und verengte den ihnen zur Verfügung stehenden Platz. Vereinzelt hatte man Holzbalken in den Stein getrieben, um so den Tritt der Stiefel zu sichern und dem Weg ein wenig die Steilheit zu nehmen.

Die Drei rannten um ihr Leben. Rutschten aus. Erhoben sich. Liefen weiter. Der scharfkantige Fels hinterließ manche Blessur auf ihrer Haut, doch sie bemerkten es kaum. Sie taumelten gegen die Wände. Rempelten sich untereinander an und halfen sich wieder auf. Und plötzlich war das Wunder geschehen. Sie waren im Freien, in einer zerklüfteten Felsspalte am Fuße des Tafelbergs. Stechginster und

Lorbeerbüsche, gemischt mit Gesteinsschutt tarnten den Eingang zum Höhlensystem auf natürliche Weise. Überrascht blieben sie stehen. Völlig übertölpelt davon, sich so unvermittelt an der frischen Luft und unter freiem Himmel zu befinden.

Es war Nacht. Tausende Sterne gleißten am Firmament und hinter dem Tafelberg begann der Mond seinen Aufstieg. „Los, weiter!", spornte Brami die Jungen an. „Wir sitzen hier wie auf dem Präsentierteller."
„Du bist lustig! Wo sollen wir denn hin? Ich habe keinen Schimmer, wo wir uns gerade befinden."
„Egal!", entschied der Elf und schlug sich durch die Büsche.
„Erst mal nichts wie weg hier. Orientieren können wir uns auch während wir Abstand zu diesem Loch hier gewinnen. Wir müssen irgendwo Deckung finden. Am Besten etwas, wo wir bis zum Morgen bleiben können."
Brami nickte. „Bei Tageslicht werden sie uns hoffentlich nicht verfolgen."
Der Zwerg trabte schnaubend neben ihnen her und tippte sich dabei viel sagend an die Nase. „Darf ich euch daran erinnern, dass ein Teil der Überfälle am Tag stattgefunden haben?"
Brami verzog den Mund und schleppte sich weiter.

Die ersten Minuten sahen sie nur halbhohes Strauchwerk und einige niedrige Bäume. Hindernisse, die ihnen in ihrem erschöpfen Zustand sehr lästig waren und noch nicht einmal den Nutzen der Deckung boten. Mühevoll bahnten sie sich ihren Weg, nur um erneut unerwartet im Freien zu stehen.

Direkt vor ihnen verlief eine gepflasterte Straße von Nord nach Süd. Dahinter erstreckten sich Meilen freien Geländes gespickt mit einzelnen Bäumen, sowie hunderten von Feldern und Gattern. Einige unscharfe, dunkle Klecke in der Ferne stellten wohl Bauernhäuser und Scheunen dar.
„Zumindest wissen wir jetzt wo wir sind. Und das ist nicht gut!", stöhnte Thala. Er wandte sich zum Tafelberg um. Weit

im Norden ragte das weiße Bollwerk der Stadtmauer im Schein des Mondes auf. Dort hinten musste sich der einzige Aufgang zur Stadt befinden. „Gar nicht gut."

Dori folgte seinem Blick. „Bis zu den Toren schaffen wir es nie. Nicht mit diesen fliegenden Biestern im Rücken. Hier besteht noch nicht mal die Hoffnung, dass sie gegen einen der Stalaktiten krachen und sich die Hälse brechen." Resigniert ließ der Zwerg die breiten Schultern sinken.
„Dann müssen wir eben versuchen uns zu einem der Bauernhöfe durchzuschlagen." Bramis Stimme klang wenig hoffnungsvoll, aber irgendwo mussten sie hin. Stehen bleiben hieß, sich ohne Widerstand fangen lassen.

Die Drei duckten sich und überquerten die Straße. Weit hinter ihnen durchschnitt ein gellender Schrei die Nacht. Hatte man sie bereits entdeckt?
„Haltet bloß nicht an. Ich habe eine Idee.", rief Thala den Freunden zu und rannte gebückt weiter, auf das Gatter einer Viehweide zu.
„Was hast du vor?", keuchte Dori.
„Etwas, was euch nicht gefallen wird.", brachte der Elf mühsam hervor, während er leise das Gatter öffnete und die Koppel betrat. Kaum das Brami und der Zwerg hindurch geschlüpft waren, schloss er das Gatter wieder. Dann lief er ein Stück weit in die Koppel hinein und ließ sich in der Mitte mehrerer Gruppen von Cebiven Rindern nieder. Er griff tief in den von Hufen aufgewühlten Matsch und verteilte diesen gleichmäßig auf Arme und Gesicht.
Brami starrte ihn entgeistert an: „Das ist jetzt nicht dein Ernst, oder?"
Weiße Zähne blinkten grinsend in der Mischung aus Dunkelheit und Matsch vor ihr auf. „Oh doch, wir werden Cebiven. Los, beeilt euch! Reibt euch ein und bleibt dicht beisammen, dann hält man uns vielleicht für einen Teil der Herde."
„Du meinst sie können uns dann nicht mehr wittern?", fragte

Dori skeptisch und verteilte angewidert eine gehörige Menge Dung und Erde auf seine Beine.

„Das hoffe ich zumindest.", gab der Elf naserümpfend zurück. „Denn dann werden sie unsere Spur bald verloren haben. Alternativ könnt ihr natürlich versuchen diesen fiesen Unholden davonzulaufen. Ich für meinen Teil schaffe keine hundert Schritte mehr."

„Vielleicht ekeln sie sich ja auch so sehr, dass sie uns einfach ziehen lassen.", murmelte Dori und klatschte sich die nächste Ladung Dreck auf die breite Brust.

Hastig vollendeten sie ihre geruchsintensive Tarnung.

„Kommt, wir müssen dicht beieinander stehen, damit man uns für eines von den Rindern hält. Da liegt ein einzelnes. Lasst uns zu ihm hinüber gehen. Aber langsam."

Gebückt und dicht aneinander gedrückt begab sich das erste sechsbeinige Cebiven Maldorons zu seinem neuen Artgenossen und legte sich neben ihm nieder. Das schläfrige Tier hob den Kopf und ließ ein lautes argwöhnisches Muhen erklingen, dass eindeutig ein Fragezeichen am Ende aufwies. Das Cebiven beäugte sie eine Weile, schien die Drei jedoch nicht als Gefahr einzuordnen. Es stupste Thala mit der nassen Schnauze an und legte den Kopf wieder nieder, als dieser sich nicht rührte. Ein milder Wind ließ das niedrige Gesträuch auf dem Pfad zum Farmhaus erzittern. Dann wurde alles still.

„Die Kuh leckt an meiner Hand.", flüsterte Dori entsetzt, doch ein hastiger Stoß mit dem Ellenbogen brachte ihn zum Schweigen. „Sei still. Sie kommen!"

Äste knackten leise als sich das Gesträuch jenseits der Straße teilte und sechs Schatten ausspie. Kein Zweifel. Es waren die Gringars. Und sie folgten ihrer Spur. Es klackte dumpf. Schwere, beschlagene Stiefel schritten über die Pflastersteine der Straße. Eine der Gestalten reckte die Nase in die Luft und wandte den Kopf von einer Seite zur anderen. Die anderen standen abwartend um ihn herum, doch er schien zu keinem Ergebnis zu kommen und so teilten sie sich auf.

Jeweils zwei Gringars schritten die Straßen nach Norden und Süden ab. Suchten nach Hinweisen und Spuren der drei Flüchtenden. Die nördliche der beiden Gruppen nahm den Weg zum Bauernhof genauer in Augenschein, blieb dabei jedoch auf der Hauptstraße.

Während sein Nestbruder immer noch die Luft nach Witterung untersuchte, ging der letzte verbliebene Gringar mit seltsam springenden Schritten auf die Koppel zu. Drei Cebiven, die sich ihm am Nächsten befanden, kämpften sich auf die Beine und rotteten sich schutzsuchend zusammen. Lautes, eindringliches Muhen durchschnitt die Nacht und schallte über die Ebene. Beim Bauernhof gingen erste Laternen an.

Von ihren Herdenmitgliedern aufgeschreckt, sprangen weitere Rinder auf und beteiligten sich an dem Getöse. Der Gringar stand ungerührt am Gatter und betrachtete die Tiere argwöhnisch. Am Bauernhaus wurden Stimmen laut. Metall klapperte, als Mistgabeln und Sensen ergriffen wurden. Noch mehr Laternen flammten auf und kamen näher.

Fünf der Gringars sammelten sich wieder auf der Straße, lediglich der eine an der Koppel starrte auch weiterhin zu der Herde hinüber.
„Los, macht mit.", flüsterte Thala. „Wir müssen aufstehen, sonst fallen wir auf."
Die Drei erhoben sich unsicher und fielen in das Gemuhe ein. Die Laternen hatten die Rückseite der Koppel beinahe erreicht.

Eine Hand legte sich auf die Schulter des einzelnen Gringars. Widerwillig ließ er sich von seinen Nestbrüdern zurück ins Dickicht ziehen. Weg von den Laternen!

Kapitel 15: Graubart

„Bei Elviannas loderndem Atem!", entfuhr es dem Heugabel bewehrten Knecht. Er sprang entsetzt zur Seite. „Was bist denn du für ein Vieh?"
Er hob die Laterne über seinen Kopf und beleuchtete ein sechsbeiniges, unförmiges Wesen. Es verließ die Koppel, wobei es fein säuberlich das Gatter hinter sich schloß und direkt auf ihn zukam. Das Untier stank steinerweichend zum Himmel. Nur wenige Meter von ihm entfernt teilte es sich vor seinen Augen in drei verschieden große Teile. Die Laterne erzitterte.

Eines der Teile, das Größte, hob zwei braunverkrustete Tentakel und streckte sie dem Knecht entgegen. Der Dämon versuchte anscheinend ihm mit irgendeinem unheiligen Ritual die Seele aus dem Leib zu reißen. Die Augen des Knechts rollten vor Angst.

Ein Schlitz öffnete sich im Dreck und gab Geräusche von sich, die direkt aus der Unterwelt zu kommen schienen. Sie endeten in einem Zahnschmelz zerfetzenden Röcheln. Laterne und Heugabel entglitten den blutleeren Händen des Knechts und schlugen hart auf dem Pfad auf.

„Pardon!", sagte der zweite, etwas kleinere Teil des Untiers und klopfte dem ersten auf etwas, das wohl dessen Rücken darstellen sollte. Was den dritten und kleinsten Teil dazu veranlasste sich auf den Boden zu werfen und ein diabolisches Kichern auszustoßen.

„Er hat sich nur verschluckt.", erklärte der mittlere Teil mit sirenengleicher Stimme. „Dori, steh auf und lass dieses dumme Gelächter. Das ist ja so was von albern. Los, hilf Thala!"

Der kleinste Teil murrte unwillig und erhob sich. „Das Gesicht…" und „…war lustig" drangen an die gemarterten

Ohren des Knechts, der Schicksalsergeben auf die Knie sank.
Das mittlere Untierteil wandte seine volle Aufmerksamkeit
wieder dem bäuerlichen Opfer zu und beugte sich ein wenig
vor. „Entschuldigung. Ist Euch nicht gut? Wir brauchen
dringend Hilfe. Könntet Ihr bitte die Wache verständigen?"
Der Knecht fiel in Ohnmacht.

†

Der Klang der Notglocke war in der Dunkelheit verklungen.
Frau Hunzig, die Herrin des Anwesens, hatte sich alle Mühe
gegeben den Großteil des Drecks von den drei Freunden
herunter zu schrubben. Sie hatte ihnen von Knechten und
Mägden einige passende Sachen zusammen suchen lassen und
danach Küche und Vorratskammer geplündert. Sie brachte
ihnen mehrere Humpen Cebiven Milch, frisches Brot und ein
Tablett mit dicken Scheiben Schinken, Käse und Butter.
Die drei saßen am Küchentisch, trugen mehr oder weniger
zueinander passende Kleidung und waren dick in Wolldecken
verpackt. Ein Feuer brannte munter im Kamin und erhellte den
Raum mit flackernden Flammen. Während sich jeweils zwei
der Gefährten über die lang ersehnte Mahlzeit hermachten, in
Doris Fall zwei Mahlzeiten, beantwortete der dritte die Fragen
der herbeigerufenen Wache.

Der Leutnant schüttelte zum wiederholten Male ungläubig den
Kopf. „Und wegen dieser Räuberpistole habt ihr uns mitten in
der Nacht ausrücken lassen? Es geschehen wahrlich schlimme
Dinge dieser Tage und wir werden andernorts dringend
benötigt. Aber das man sich nun von einem Haufen
Halbwüchsiger an der Nase herumführen lassen muss…einfach
unfassbar!"
„Herr Leutnant!", versuchte es Brami erneut mit Engelszungen.
„Wir versichern Euch, dass unsere Geschichte die volle
Wahr…"
„Genug!" Leutnant Josan hob mahnend die Hand. Er war
sichtlich erschöpft. Den halben Abend hatte er damit verbracht,

irgendwelchen Hirngespinsten nachzujagen, die allesamt der Nervosität und Angst der Vuswaler Bürger entsprungen waren. Herumschleichende Schatten hatten sich als harmlose Nachbarn und herumziehende Plünderer als heimkehrende Händler herausgestellt. Die Liste ließ sich beliebig fortsetzen und führte auch einige zu Tode erschreckte Katzen auf. Und nun tischte man ihm hier ein Märchen sondergleichen auf. Josan nahm den Helm ab und wischte sich mit einem Taschentuch über die Stirn. *„Dabei habe ich seit zwei Stunden Feierabend! Ich könnte jetzt im roten Keiler sitzen und mir ein kühles Bier gönnen. Hätte ich doch nur etwas Ordentliches gelernt. Etwas mit anständigen Arbeitszeiten und ohne verdrehte Kunden.“* Er seufzte.

„Es reicht. Wir werden jetzt aufbrechen und in die Garnison zurückkehren. Wenn ich euch noch einmal dabei erwische, dass ihr die Wache ohne Not alarmiert, dann wird das ernste Konsequenzen für euch haben.“ Er nahm seinen Helm und erhob sich.

„Josan!“, mischte sich Frau Hunzig ein. Sie baute sich vor dem Offizier auf und ihre Stimme schallte durch den Raum. „Zum letzten Mal! Diese Kinder hier wurden verfolgt! Meine Leute haben sechs verdächtige Gestalten ins Unterholz verschwinden sehen. Warum sollte dies jemand tun, es sei denn er hätte etwas zu verbergen. Außerdem war die ganze Herde in Aufruhr, als wäre ein Rudel Raubtiere in der Nähe. So etwas passiert nicht bloß weil ein paar Kinder herum streifen und ihren Schabernack treiben.“ Sie machte einen Schritt auf die Freunde zu und gestikulierte heftig. „Seht sie euch doch an, wie ausgezehrt und erschöpft sie sind.“ Demonstrativ drückte sie Doris Kopf an ihre üppige Brust und strich ihm über das geflochtene rotblonde Haar.
Der Zwerg verdrehte die Augen und grinste breit. Thala verpasste ihm unter dem Tisch einen Tritt gegen das Schienbein. Sofort nahm Doris Gesicht einen leidenden Ausdruck an, welcher Frau Hunzigs Einwand wesentlich besser unterstützte.

Josan hüstelte, was ihm einen missbilligenden Blick von Frau Hunzig einbrachte. Ihr Gesicht wurde hart, ihre Augen schmal. Unbarmherzig fuhr sie nun mit leiser, aber bestimmender Stimme fort. „Ihr werdet diese drei ohne Widerrede in die Stadt geleiten und sicher bei ihren Eltern abliefern. Wagt es ja nicht sie jemand anderem zu übergeben."

Der junge Leutnant öffnete den Mund um zu widersprechen, doch die Zwergin brachte ihn mit einer Handbewegung zum Schweigen. „Ich werde es erfahren Josan! Es wäre doch sehr bedauerlich, wenn Bartalin an Eurem nächsten freien Tag auf dem Hof unabkömmlich wäre. Ebenso an jedem weiteren freien Tag, den ihr in den nächsten fünf Monaten haben werdet."

Das Gesicht des Leutnants zeigte blankes Entsetzen. Seines Erachtens spielte die Bäuerin hier eindeutig unfair. Sein nach Hilfe suchender Blick schwenkte zu einer hübschen, jungen Zwergin hinüber, die sich daran gemacht hatte den Tisch abzuräumen. Sie hatte ihren dicken, goldblonden Zopf adrett über die Schultern geworfen. Ihr zartes Gesicht jedoch war puterrot angelaufen. Sie setzte ihre Arbeit ohne aufzusehen fort, schüttelte nur andeutungsweise den Kopf und zuckte auffordernd mit der Schulter in Frau Hunzigs Richtung.

Josan sackte in sich zusammen und ließ sich auf die Bank fallen. Er seufzte schwer. „Aber Frau Hunzig…", begann er im flehenden Tonfall.

„Nichts da, Frau Hunzig!", sagte Frau Hunzig unerbittlich. „Ich kann keinen Schwiegersohn gebrauchen der sich meinem ausdrücklichen Wunsch widersetzt."

Eine Sekunde war es still im Raum. Lediglich das knistern der Holzscheite war zu hören. Dann ließ Bartalin das Tablett mit Geschirr fallen und schlug die Hände vor den Mund. Tränen standen in ihren strahlend grünen Augen.

Josan blinzelte, dann schluckte er hart. „Schwiegerso… Heira…", stotterte er geschockt. Seine Augen flackerten fiebrig. Frau Hunzigs Augenbrauen hoben sich bedenklich.

„Jawohl, Frau Hunz…jawohl, werte Schwiegermama!", beeilte er sich zu sagen, sprang auf die müden Beine und nahm Haltung an.

†

Die Fahrt nach Vuswal verlief ohne besondere Vorkommnisse, lediglich unterbrochen von gemurmelten Selbstgesprächen Josans. Gelegentlich erklagen gehauchte Worte wie „Heirat", „Schwiegermutter", „Bartalin" und „SCHWIEGERMUTTER", während sie an Feldern, Koppeln und Gehöften vorbei zogen. Bei jedem Wort änderte sich beim Leutnant im munteren Wechsel die Gesichtsfarbe. Er schwankte sichtlich zwischen Entsetzen, Glück und noch größerem Entsetzen. Die restlichen neun Mitglieder des Wachkommandos behielten die Umgebung im Auge und lächelten in sich hinein. Die Jüngeren einen Hauch neidisch, die Älteren einen Hauch hämisch.

Die Freunde hingegen lagen auf dem Boden des Käfigwagens, welcher der Wache zum Bauernhof der Hunzigs gefolgt war. Mangels weiterer Reittiere hatte man sie für den Transport in die Stadt in den Wagen geladen. Dort lagen sie nun, unter Frau Hunzigs Decken und lauschten Josans Gestammel und dem Klappern der Ponyhufe. Sie dösten, während der Wagen den Torweg erklomm und sich durch die dunklen, leeren Straßen schob. Ihre Ankunft in der Graf-Detjok-Straße entlockte Dori lediglich ein unmotiviertes Schnarchen, während Thala sich mit einem lauten Schmatzen auf die andere Seite drehte.

Stimmen wurden laut. Türen wurden geschlagen. Schwere Reiterstiefel stampften empört über das Pflaster. Die Gittertür des Käfigwagens öffnete sich mit einem lauten Quietschen und ließ Brami und Thala aufschrecken. Josan kletterte herein und ging neben ihnen in die Hocke.
„Was ist los?", erkundigte sich das Mädchen schlaftrunken. „Sollen wir aussteigen?"
„Nichts da! Sie sind alle ausgeflogen. Es ist wie verhext. Dabei

hat Schwiegermama ausdrücklich darauf bestanden, dass ich euch bei euren Eltern abliefere."

„Wie können sie denn alle weg sein?" Thala schob die Decken beiseite und richtete sich gähnend auf.

„Es scheint eine Festlichkeit am Hofe zu geben, zu denen alle Besucher geladen wurden. Ich habe keine Ahnung worum es geht. Aber wenn ich mein Wort halten will, muss ich euch dort hinbringen. Trotz Feierabend... und obwohl ihr eigentlich sofort ins Bett solltet."

†

Erneut ruckelte der Wagen über die Straßen der Stadt. Passierte die Anlagen der Oper und das Stadttor, machte einen Bogen um die Front des Palastes und verschwand in einer überdachten Durchfahrt. Der Tunnel konnte bis zu vier Kutschen oder Lastkarren gleichzeitig aufnehmen und bot Zugang zu den Küchen, Lagern und Dienstbotenquartieren des Palastes. Zu dieser späten Stunde fanden natürlich keine Anlieferungen statt. Josan, mit seinem Trupp und seiner jugendlichen „Fracht" waren somit die einzigen Anwesenden. Der Leutnant winkte vier seiner Männer herbei, während die anderen sich um die Tiere kümmerten. Er hieß den Freunde auszusteigen. Sie sammelten sich vor dem Hintereingang und ließen Josan den Vortritt.

Es war als würden sie eine andere Welt betreten. Nein, es war als würden sie eine andere Welt betreten, die grade im Begriff war zu explodieren!

Ganze Horden von Bediensteten füllten die Gänge. Eine wahre Flut von Tablettträgern wand sich an entgegenkommenden und kreuzenden Kollegen vorbei. Volle Gläser, leere Gläser, Flaschen, Fässchen, Flakons.....wurden aus Kellern hervor, in Küchen und Ausschänken hinein oder zur Veranstaltung hinaus getragen. Über allem lag ein unvorstellbarer Lärm aus Befehlen, Witzeleien, Botschaften, Geklapper und Geschepper, dass einem die Ohren überzulaufen drohten.

Unter zusätzlichem Gemurre und Geschubse gelang es der Gruppe den endlosen Strom von Kellnern und Trägern zu kreuzen und eine der zahlreichen Küchen zu betreten.
Eine füllige, rotwangige Matrone führte dort das Regiment. Von einem runden Podest in der Mitte des Raumes aus erteilte sie mit dröhnender Stimme Anweisungen. Küchenjungen schleppten Holzscheite heran und feuerten die Öfen. Andere Jungen huschten auf Botengängen nach seltenen Ingredienzien hin und her, wobei sie sich kunstvoll zwischen den hunderten Beinen hindurchschlängelten. Köche rührten in diversen Kesseln, schmeckten Speisen ab und prüften die sich am Spieß drehenden Fleischstücke. Mägde schnitten Obst, Gemüse und Brot. In einem Nebenraum erstellte eine weitere Gruppe Süßspeisen und Salate. Brami wurde bei dem ganzen Gewimmel einfach nur schwindelig. Dori bekam Hunger.

Josan führte sie in einen Gang hinein, der an diversen Kühl- und Lagerräumen vorbei, zum Büro des Oberaufsehers führte. Dieser Mann, der die Aufsicht über alle Bediensteten und Lieferanten hatte, besaß ein kleines Büro genau auf der Grenze zwischen dem Wirtschaftstrakt und dem eigentlichen Palast. In diesem Büro hatten sich alle Palastfremden zu melden, die nicht als geladene Gäste am Hauptportal vorfuhren. Der Raum war spärlich, aber gemütlich eingerichtet. An der Front prasselte ein Feuer in einem schlichten, ungeschmückten Kamin. Die linke Wand wurde von einem großen, mit Akten gefüllten Schreibtisch eingenommen. Korhant selbst, stand vor einem mächtigen Aktenregal und studierte die Unterlagen in seiner Hand.

Der Leutnant der Wache ging auf den schmalen, zur Glatze neigenden Zwerg zu und begrüßte ihn. Schnell schilderte Josan die Lage. Korhants Augen richteten sich dabei neugierig auf die bunt bekleideten Freunde. Thala hatte das Gefühl abgeschätzt, gewogen und mit einem Etikett versehen in eine Schublade einsortiert zu werden. Korhant nickte langsam. „Sie sind alle im großen Saal. Der zeremonielle Teil des Abends ist vorüber. Der Hohepriester Egrill ist bereits auf dem Rückweg zum Tholmag Tempel. Im Moment vertreiben sich die Herrschaften die Zeit mit Aperitifs, guter Musik und Small Talk. Aber seht zu, dass bis zum Mitternachtsmahl alles erledigt ist. Ich wünsche keine Unruhe in meiner Kreation!" Josan grinste. „Wenn die Leute zu aufgeregt sind essen sie zu viel und es bleibt nicht genug für die Belegschaft übrig, nicht wahr?!"

„Genau! Ich bekomme nie genug zu essen.", sagte Korhant mit einem Zwinkern und strich sich über seinen flachen Bauch.

„Spaß beiseite. Sorge dafür, dass alles ruhig bleibt!" Seine Mine wurde schlagartig ernst. „Ich hasse Aufregung!"

Josan schluckte. Es war kein guter Abend für den Leutnant.

Korhant öffnete eine Tapetentür neben seinem Schreibtisch, die den Freunden bis dahin entgangen war und winkte sie hindurch. Sie fanden sich in der großen, mit Marmor ausgelegten Empfangshalle wieder. In der Ferne erklang Musik. Josan durchmaß die Halle mit raschen Schritten und führte sie zum großen Saal, dem Zentrum jeglicher Aktivität des Abends.

†

Die Wachen vor dem großen Saal ließen die Gruppe passieren, sobald sie Josan und sein Kommando erkannten. Ihre gleichgültigen Blicke folgten ihnen gelangweilt, bis die Tür hinter ihnen ins Schloss fiel.

Musik erklang von einem Podium vor der Fensterfront herab, auf dem ein Ensemble aus Zwergen, einigen Menschen und drei Elfen, komplizierte aber harmonische Weisen darboten. Thala erkannte einige Harfen, verschiedene Flötentypen, unterstrichen von dem melancholischen Klang einzelner Streicher.

Über den Saal verteilt gruppierten sich die Ableger der

hiesigen High Society mit der Creme de la creme der ausländischen Besucher. Sehr zum Leidwesen der drei Gefährten stand eine dieser Gruppen in ihrer unmittelbaren Nähe und Kaven war Teil davon. Seine Augen blitzten spöttischen zu ihnen herüber. Er stieß seine Freunde an, die sich ebenfalls zu ihnen umdrehten. Sie brachen in Gelächter aus. Übermütig kam Kaven, immer noch breit feixend, auf sie zu. „Bei Farill, was seht ihr abgerissen aus. Hat man euch durchs Unterholz geschleift? Oder hat euch der gute Josan dabei erwischt, wie ihr vernünftige Kleidung klauen wolltet?", stichelte er und schüttelte ungläubig den Kopf. „Bei den Göttern, ihr seid eine Schande." Er trat direkt auf sie zu und wollte zu weiteren Beschimpfungen ansetzen, doch Brami starrte ihn nieder. Sie hob die Nase und betrachtete ihn wie ein lästiges Insekt. „Geh mir aus dem Weg, du Clown. Wir haben es eilig.", sagte sie und schritt hoheitsvoll an dem vor ihr zurückweichenden Jungen vorbei. Kavens bereits offener Mund klappte zu. Thala schob ihn unbeeindruckt mit ausgestreckter Hand noch weiter zur Seite und folgte Brami.

Josan hatte von all dem nichts bemerkt. Unwohl sah er sich um, hielt nervös nach den gesuchten Eltern Ausschau. Er packte Dori am Arm und zog ihn neben sich. „Nun hilf mir doch mal. Wo sind sie? Ich will hier weg, bevor der König auftaucht."
Dori deutete auf eine große Gruppe verschiedener Nationalitäten, der sich alle gesuchten Elternteile angeschlossen hatten. Erleichtert atmete der Leutnant auf und eilte auf die Ansammlung zu. Auch Brami hatte ihre Eltern entdeckt und lief, ohne es zu merken, an einem plötzlich vor Schreck erstarrten Josan vorbei, auf sie zu. Die beiden Jungen im Schlepptau.

Mave, Bamas, Chenor und So'odraga Eindofil Thalakaren II befanden sich in einem angeregten Gespräch mit der königlichen Cousine Jahenn. Gelegentlich wurde heiteres Gelächter laut. Einer der Kellner reichte Zwergenbier in farbenfrohen Steingutkrügen herum. Deranim ergriff zwei Krüge und reichte einen davon an einen edel gekleideten Zwerg weiter, der einer Erzählung Anorlas lauschte. „Ich möchte Euch an dieser Stelle noch einmal persönlich dafür danken, dass ihr, wenn auch nur zeitlich limitiert, die Sicherheit, den Handel und die Kunst in unserer Stadt bereichert." Der Zwerg nickte abwechselnd Thalas, Bramis und Doris Eltern würdevoll zu und erhob seinen Krug.

Die Freunde kamen vor ihren Eltern zum Stehen und aus Brami brach es ungeduldig hervor: „Bitte entschuldigt Herr Zwerg, aber wir müssen dringend unsere Eltern sprechen. Die Stadt ist in Gefahr und niemand will uns glauben." Ohne den Zwerg weiter zu beachten kullerten die Informationen aus Dori, Thala und Brami heraus. Mehr als einmal fielen sie sich gegenseitig ins Wort oder ergänzten die Erzählungen der anderen. Der Zwerg trat derweil einen Schritt zurück. Er betrachtete die Jugendlichen schmunzelnd und strich sich gedankenverloren durch den grauen Bart, der sich an den Spitzen buschig gabelte. Gebannt und ungläubig lauschten die Erwachsenen den Ausführungen. Ratlos wandten sie sich dem Zwerg zu und Anorla ergriff das Wort. „Ich weiß nicht was dies alles bedeutet. Aber ich versichere Euch, dass meine Tochter nicht zu Hirngespinsten neigt."

Der Zwerg nickte ernst. „Das hatte ich auch nicht angenommen. Erst wenige Wochen ist es her, dass eine Gruppe junger Leute die Stadt von einem Verbrecherring sondergleichen befreit hat." Er machte eine Pause und strich sich erneut gedankenverloren über den Bart. „Nun mir scheint, auch unsere jungen Freunde hier haben etwas ganz Außergewöhnliches entdeckt. Wir sollten dem nachgehen."

Brami, Thala und Dori stutzten. Sie erkannten, dass dieser Zwerg von hoher Wichtigkeit sein musste, denn alle brachten ihm viel Hochachtung entgegen. Und sie hatten ihn in seiner Rede unterbrochen. Brami lief puterrot an.

Der Zwerg richtete das Wort an die drei Freunde. „Ich bin
Senok Graubart, König von Vuswal und ich möchte euch
danken, dass ihr uns auf die Gefahr mit diesen ... Gringars
hingewiesen habt. Ich hoffe, nun kommt so langsam Licht in
die ganze Angelegenheit mit den Überfällen. Doch eins nach
dem anderen." Er blickte an ihnen vorbei und rief Josan an.
„Leutnant, holt Brumilla. Dann geleitet diese drei und ihre
Eltern ins Konferenzzimmer. Ich werde in einer halben Stunde
zu euch stoßen.
„*Dies ist wirklich nicht mein Tag!*", dachte Josan und schloss
zitternd die Augen.

Kapitel 16: Das Schweigen der Gringars

Zwanzig Minuten vergingen. Die Turmuhr des Tholmag Tempels schlug Mitternacht. Im Erdgeschoss des Palastes wurde Fußgetrappel laut. Gelächter und Stimmengewirr schallte durch den Lichthof zu den oberen Etagen hinauf und erreichte auch das Konferenzzimmer des Königs. Dort jedoch herrschte Stille.

Anorla saß auf einem Sofa und hatte Bramis Kopf auf dem Schoß. Zärtlich strich sie dem Mädchen einige Strähnen aus dem verstaubten Gesicht. Stolz schaute sie auf ihre Tochter herab, der immer wieder die Augen zu fielen. Chenor der an der Seite seiner Frau stand, legte ihr schmunzelnd eine Hand auf die Schulter.

Bamas und So'odraga standen neben Thala, sahen sich hilflos an und waren sich offensichtlich nicht sicher was sie tun sollten. Thala schien es nicht zu stören, drückte aber die Hand seiner Mutter, als diese nach der seinen griff und hielt sie fest. Er war in ein Gespräch mit Dori, Deranim und Brumilla vertieft. Die Chefin der königlichen Leibgarde und der Abgesandte aus Miltum ließen sich von den beiden Jungen die Details des Abenteuers schildern. Sie warfen sich gelegentlich vielsagende Blicke zu aber in ihren Köpfen entstanden bereits die ersten Pläne. Besonders erschütterten sie die Informationen über den neuen Tunnel, den die Gringars gegraben hatten und der die komplette Verteidigung Vuswals aushebelte. Aber auch die Erkenntnis zwei bisher unbekannte Völker im Stadtstaat zu beherbergen, stimmte niemanden froh. Thala war sich sicher, wären sie nicht mit der Hälfte der hier Anwesenden verwandt, niemand würde auch nur einen Deut auf ihre Worte geben. Es klang doch alles zu abenteuerlich.

Josan saß auf einem Stuhl in der Nähe und schüttelte teils ungläubig, teils resigniert den Kopf. Sollten diese Halbwüchsigen tatsächlich etwas entdeckt haben? Oder würde sich alles als Lüge entpuppen und auf ihn zurückfallen? Das Ganze roch entschieden nach Ärger.

Die Schritte in der Halle verklagen, als auch der letzte Nachzügler den Speisesaal erreichte. Kurz darauf öffnete sich die Tür. Senok Graubart und sein Vertrauter Basur traten ein. „Die gute Jahenn hat sich bereit erklärt den Vorsitz über das Mitternachtsmahl zu übernehmen. Ich bin sicher, dass sich die Gäste wohl fühlen werden. Wir haben also jetzt endlich Zeit, uns um die wirklich wichtigen Dinge zu kümmern." Senok klatschte in die Hände und wandte sich an Brumilla und Deranim: „Wie ist die Sachlage?"

Unter ihnen erbebte der Berg.

Basur und Brumilla waren mit jeweils einem Kontingent der Bereitschaft ausgerückt. Basur, der Josan mit sich genommen hatte, war mit seinen Männern zu Hunzigs Hof aufgebrochen. Sie sollten den Fluchttunnel sichern und die Wendeltreppe bis zum Ufer des Sees einnehmen. Brumilla, unterstützt von Deranim, hatte sich dem Mineneingang zugewandt und sollte die erste Ebene bis hin zum Luftschacht sichern. Somit wären den Gringars die Fluchtwege abgeschnitten und man würde sie Ebene für Ebene ausheben können.

Senok folgte der Chefin der Garde knapp eine Stunde später mit zwei weiteren Kontingenten der Reserve, bestehend aus Mitgliedern der Wache und der Garde. Die drei Freunde begleiteten ihn. Sie hatten Himmel und Hölle in Bewegung gesetzt, um beim letzten Teil des Abenteuers dabei sein zu dürfen. Die besorgten Eltern mussten sich letztendlich dem unumstößlichen Einwand beugen, dass sie die Örtlichkeiten am besten kannten. Hinter dem König und seinen Truppen schloss sich ein Tross von Heilern, Bergbauingenieuren und mit Spitzhacken und Schaufeln bewehrten Minenarbeitern an. Die beiden letzteren sollten bei Bedarf Abraum beseitigen oder Stollen kontrolliert zum Einsturz bringen.

Der Zug folgte dem breiten und gut ausgebauten Klippenpfad und bog dann auf den überwucherten Weg zu Schorlis Bergwerk ab. Alles in allem benötigten sie nur eine knappe Stunde, um ihr Ziel zu erreichen. Es war immer noch Stockdunkel, lediglich der Eingangsbereich der Mine war durch zahllose Fackeln taghell erleuchtet. Thala konnte die Gardesoldaten schon von weitem sehen. In Reih und Glied und immer noch vor der Mine.

„Was geht da vor?", fragte Senok Graubart. „Warum stehen sie immer noch in Warteposition?" Er gab seinem Pony die Sporen und preschte dem Kommandostand entgegen, den Brumilla neben dem Eingang eingerichtet hatte. Das Gesicht der Zwergin zeigte Besorgnis. Sie wandte sich Senok zu, trat zu dem Pony und erstattete Bericht, noch bevor die Füße des Zwergenkönigs den Boden berührten. „Herr, der Eingang ist versperrt. Bitte kommt und seht selbst."

Senok näherte sich vorsichtig. Die Freunde folgten ihm unauffällig. Das Metallgitter lag herausgerissen auf dem Boden, ebenso wie Teile des Scharniers und des Holzrahmens, die es getragen hatten. Direkt dahinter, noch bevor man einen Schritt in die Mine machen konnte, befand sich ein dicker, grauer Nebel. Er war völlig blickdicht, kein Laut drang hindurch. Die wabernde Masse erweckte den Anschein, als habe man sie mit Leim an diese Stelle geklebt.

Senok hob die Hand, um das voluminöse Hindernis zu berühren, doch Brumilla hielt ihn zurück.
„Nein Senok! Hauptmann Eibel hat es bereits ausprobiert und er versucht immer noch Leben in seine Hand zurück zu reiben. Er hat einen Schlag erhalten, der ihn drei Meter weit geschleudert hat. Hier kommen wir so nicht weiter."
„Was ist das nun wieder für eine Teufelei?", fragte Senok

erbost und strich sich grübelnd über den Bart.

Die Freunde traten näher heran und betrachteten den Nebel
genauer. Sie grinsten und nickten sich zu.
„Das ist keine Teufelei, Herr König.", sagte Brami und blickte
ihn strahlend an. „Das ist ein Thimakaron. Er ist größer als
Kuusch oder Mbara, aber eindeutig ein Thimakaron."
Senok nahm verblüfft den Helm ab und kratzte sich ungeniert
den Schopf. „Ich muss gestehen, diesen Teil der Geschichte
habe ich nicht ganz geglaubt. Ich muss mich bei euch
entschuldigen. Das war nicht fair! Was machen wir denn nun
mit dem Thimakaron?"
„Angreifen?!", fragte Brumilla zweifelnd.
„Bloß nicht. Sie sind ein altes, ehrwürdiges Volk und haben nie
jemandem auf oder in dem Berg etwas angetan. Im Gegenteil
Mbara und Kuusch haben uns gerettet." Dori stellte sich
schützend vor den Eingang und hob die Hände."Wir haben
gesehen, was ihre Kinder für Mächte entfesseln können und ich
bin nicht scharf darauf festzustellen, was die Erwachsenen zu
leisten in der Lage sind."
Senok nickte zustimmend. „Es behagt mir zwar nicht ein
unbekanntes Volk innerhalb meiner Mauern zu wissen, aber du
hast Recht. Sie waren vor uns da und haben uns nichts getan.
Wir haben demzufolge bereits seit hunderten von Jahren
Frieden. Warum dies aufs Spiel setzen?"
Brumilla atmete erleichtert auf und flüsterte kaum vernehmbar:
„Ich hätte ehrlich gesagt auch nicht gewusst, wie wir das hätten
anstellen sollen."

Thala betrachtete immer noch den Eingang des Bergwerks.
"Herr König. Ich würde gerne etwas ausprobieren, wenn Ihr
nichts dagegen habt."
Senok nickte zögernd. „Sei vorsichtig."

Thala trat an das Wesen heran und sagte mit lauter,
vernehmlicher Stimme: „Verehrter Thimakaron. Wir sind
Freunde von Mbara und Kuusch. Unsere Namen sind Brami,

Dori und Thala. Dies dort ist König Senok, der Herrscher von Vuswal und Herr der Zwerge, die einst diese Mine angelegt haben. Wir sind nicht hier, um die Thimakaron in ihrer Ruhe zu stören. Wir wollen lediglich gegen die Gringars vorgehen, die uns und den Bürgern von Vuswal großes Leid zugefügt haben. Wir haben Kuusch und Mbara versprochen Hilfe zu schicken und sind hier, um diesen Teil unseres Versprechens einzuhalten. Bitte lasst uns mit Kuusch sprechen. Wir müssen wissen, ob es Mbara gut geht."

Es dauerte eine ganze Weile bis sich etwas tat. Thala wollte sich bereits enttäuscht abwenden, da kam endlich Bewegung in den Nebel. Lindgrüne Blitze gleißten durch den Durst und ließen Thala überrascht zurück springen. Auch die Soldaten der Garde traten vorsichtshalber einen Schritt zurück. Der Nebel wogte, ballte sich zusammen und formte sich zu der durchscheinenden Gestalt einer hoch gewachsenen, schlanken Frau.

Alle Anwesenden rissen verblüfft die Augen auf. Ein Raunen ging durch die Menge. Dori stupste Senok am Ellenbogen an: „Cool, was?"
Senok nickte mit offenem Mund. Aber dann staunten auch die Freunde. Nun, wo die Thimakaron sich verwandelt hatte, wurde die Sicht auf das Innere der Mine frei. Es war dort nicht länger dunkel und unheimlich, sondern strahlte in hunderten von Farbschattierungen. Kristalle in allen Größen glühten und funkelten hell.
„Oh! Ihr seid alle erwacht?" Brami lachte erleichtert auf. Sie trat an die Thimakaron heran und wiederholte Thalas Frage.
„Bitte, wie geht es Mbara? Konnte Kuusch sie in Sicherheit bringen?"

Das schöne, durchsichtige Gesicht neigte sich herab und sah das Mädchen unbeteiligt an. „Warum interessiert euch das?" Es klang eher nach Neugierde als nach einem Vorwurf.
„Sie sind unsere Freunde. Wir haben viel miteinander erlebt

und sie haben uns gerettet. Wir sind dankbar. Es gehört sich so! Wenn es einem Freund nicht gut geht, dann sorgt man sich. Sonst wäre er kein richtiger Freund."

Die Gestalt strahlte Verständnislosigkeit aus. „Sorge? Was ist das?"

Die Freunde starten die Thimakaron entgeistert an. Konnten die Alten wirklich so dumm sein?

Im Minneneingang tat sich etwas. Kuusch trat heraus und sah sich neugierig um. Er stützte eine immer noch sehr schwache Mbara. Die Freunde liefen erfreut auf die beiden zu. Kuusch lächelte erleichtert. „Ich bin so froh, dass ihr es allein heraus geschafft habt. Es gab Komplikationen. Ich wurde aufgehalten." Er betrachtete die Soldaten in ihren im Fackelschein funkelnden Rüstungen und lächelte. „Und Hilfe habt ihr auch mitgebracht. Ihr habt Wort gehalten."

„Das war doch das Mindeste.", winkte Dori selbstgefällig ab. „Hauptsache ist doch, dass alle wohlauf sind."

Brami nahm Mbaras Hand und streichelte sie. „Vielen Dank für alles, Mbara. Ich weiß was dich unsere Rettung gekostet hat. Ich hoffe, du erholst dich bald." Mbara nickte und lächelte tapfer.

„Ich bin bald wieder fit.", sagte sie und drückte Bramis Hand.

„Aber was ist denn nun genau passiert? Die Mine versperrt? Alle Kristalle brennen? Ihr habt einiges zu erzählen.", hakte Thala wissbegierig nach.

Kuusch gab ein erleichtertes Seufzen von sich. „Lumaris hat sich deine Worte noch einmal durch den Kopf gehen lassen, Dori. Er war bereits wieder am Erwachen, als ich mit Mbara in unsere Kaverne zurückkehrte. Ich berichtete ihm, was passiert war. Er wurde sehr wütend auf uns, weil wir uns in fremde Angelegenheiten gemischt hatten. Zum Glück konnte ich ihn davon überzeugen, sich die Sache einmal persönlich anzusehen.

Als er zurückkam, pulsierte er vor Wut und Entsetzen. Ich dachte schon, es sei um uns geschehen. Aber er hatte die Gedanken der Gringars geschmeckt und war nun überzeugt, dass wir Recht hatten. Er weckte die anderen Ältesten und der Rat beschloss gegen die Gringars vorzugehen und anschließend die Mine zu versiegeln, damit nicht noch mehr Bösartigkeit eindringen konnte. Die Gringars sind Geschichte und ihre Brut ist vernichtet. Wir sind nun wieder allein im Berg."

Der König, der bis dahin atemlos gelauscht hatte, trat heran. Dori stellte sie einander vor.
„Kuusch", sagte Senok. „Habe ich das richtig verstanden? Die Gringars existieren nicht mehr?"
Der Thimakaron strahlte über das ganze Gesicht. „Der Berg ist befreit!"
„Aber was ist mit den Zwergen, Menschen und Elfen, die in den anderen Minen arbeiten? Ist ihnen etwas passiert?"
Sorgenfalten zierten die Stirn des Königs, als er an Hunderte von Minenarbeitern dachte, die sich zurzeit auf der Nachtschicht befanden. Waren die Thimakaron über ihr Ziel hinausgeschossen? Waren sie nach den Jahrhunderten des Schlafes überhaupt in der Lage die Rassen von einander zu unterscheiden?
Kuusch richtete einen fragenden, ja entsetzten Blick auf die ältere Thimakaron. Dieser Gedanke war ihm noch gar nicht gekommen. „Nuvira? Bitte sag mir, dass den anderen nichts passiert ist!", presste er hervor.
Nuvira betrachtete ihn interessiert. „Ist das Sorge in deinem Gesicht? Du sorgst dich um sie?", fragte sie neugierig.
„Warum?"
„Sie sind Freunde! Nuvira, bitte! Sind sie in Ordnung?" Kuusch schrie fast.
„Du kennst sie doch gar nicht", warf die Älteste ein. „Du kennst nur diese drei hier. Trotzdem sorgst du dich. Interessant!" Sie betrachtete Kuusch und die Freunde eingehend. „Vielleicht können sie uns tatsächlich noch etwas Neues lehren. Ich werde dem Rat vorschlagen, ein Weilchen wach zu bleiben und die Angelegenheit zu beobachten."
Kuusch bebte.
„NUVIRA!", riefen Senok, Brumilla und die Freunde

gleichzeitig.

Die Thimakaron zuckte zusammen. „Ja, sie sind alle wohl auf. Die Kolonie der Gringars begrenzte sich auf diese Mine. Wir haben den gesamten Berg überprüft. Die kleinen Erznager haben wir nicht angetastet."
Alle atmeten erleichtert auf. Der König richtete seine Worte an die drei Thimakaron: „Ich danke euch! Für die Hilfe, die ihr unseren jungen Freunden hier habt zukommen lassen…" Er lächelte Brami, Dori und Thala herzlich zu. „…aber auch für die Hilfe gegen die Gringars. Ihr habt meiner Stadt einen großen Dienst erwiesen und ich möchte mich dafür erkenntlich zeigen. Wenn ihr es erlaubt, würde ich gerne vor eurem Rat sprechen. Ich glaube, wir haben für unser zukünftiges Zusammenleben einiges zu klären!"
Nuvira nickte zustimmend und sie betrat zusammen mit Senok die Mine.

Am späten Nachmittag öffnete Brami die Tür zum Garten und ging zum Pavillon hinüber. Sie hatte einige Stunden Schlaf nachgeholt, fühlte sich aber immer noch wie gerädert. Dori und Thala waren bereits dort und fläzten sich, ebenfalls noch stark angeschlagen, auf den Stühlen herum. Sie hatten beide dunkle Ränder unter den Augen und stöhnten, bei jeder unnötigen Bewegung leise auf. Brami setzte sich. Trotz Blessuren, Muskelkater und Erschöpfung sahen alle drei sehr zufrieden aus. „Das waren ja mal richtig coole Ferien! Aber jetzt brauche ich Urlaub." Sie schwang ihre Beine auf einen zweiten Stuhl, streckte sich aus und schloß die Augen. Es traf sie beinahe der Schlag als Mbara ihr ein „Hallo?!" ins Ohr hauchte.